JN161985

澤田一矢

しのびわらい五七五あでくらべ

破礼川柳艶合戦

艶笑古川柳の集大成

開山堂出版

口　上

口説かれてあたりを見るは承知なり

人の前で話をするのが苦手だという人が少なくない。対話中、はなしの接ぎ穂が見つからなくて困るという人も多い。そんなとき、会話の潤滑油として意外な効用を発揮するのが俚諺(りげん)であり、川柳である。そして、川柳の中でもとりわけ人の心をなごませ、上品な色気によってその場の緊張感をほぐしてくれるのが〈礼を破った句〉、つまり、人間の持つ本性に迫ってなお情緒と色香を失わない〈破礼句(ばれく)＝艶笑句〉である。

またかえと女房笑い笑い寄り

男女の交歓の諸相を詠(うた)って、なお精神の健康体を維持してくれる川柳の本体は、記紀・万葉の古歌に現れる大らかな男女の性、今昔物語や宇治拾遺物語などに登場する奇談や秘話、あるいは梁塵秘抄の歌謡集などとも共通したもので、その主題は性と愛である。

そうした男女の性を大らかに語り継いだものが小説、歌、戯作、芝居、落語、そして川柳と形式を変えて今日に息づいているのであり、そこに存在する生活の匂いや色や音、人間の知恵など

しのびわらい五七五あでくらべ
破礼川柳艶合戦

目次

には身分も宗教も学問も法律もみな平等、ひたすら性愛の極致に徹して人生の機微を悲喜こもごもに、素直に端的に吐き残してきたものである。

数ある艶笑句の中には中国の故事や記紀・神話にまで取材したものもあって、詠者の学殖ぶりがしのばれる。

門口で医者と親子が待っている

かかる一読難解な句（解説・本文にあり）でも、簡単な説明を添えるだけで気軽に、しかも上品に永くいつまでも、一人でも二人でも笑えるというのが破礼句の身上（しんしょう）である。その真髄ともいえる笑いのエッセンスをビジネスライフの端々に、固苦しいコミュニケーションの緩衝材として生かして頂ければ、日々いよいよ愉しく送れること請け合いである。

平成二十八年晩秋　手賀沼乱筆堂

澤田一矢

3　口　上

第一章　男　篇

〔道鏡（どうきょう）〕大にも小にも悩みあり

奈良時代の政僧で生年不詳、没年が七七二年。俗姓・弓削（ゆげ）。河内国（大阪）の出身で女帝・孝謙（称徳）天皇の寵愛を受けて政治に介入。法王となって権勢を奮い、神託と偽称して皇位を狙い失敗して左遷――という異色の坊主だが、彼をわが国でもかくれもない有名人にしたのが、史上最大の巨根の持ち主という名声？　である。

とにかく道鏡の大きさを表わした代表的な川柳が、

▼道鏡が坐ると膝が三つでき

▼道鏡はおのがちんぽでかくれんぼ

というのだから物凄い。

▼弓削村で面（つら）じゅう鼻の子が生まれ

昔から鼻の大きさは股間の所有物の大きさと比例するという。河内弓削村である日生まれた赤ん坊の顔中が鼻だったという、道鏡生誕の一句。周囲の大人が呆れ返って詠んだのが、

▼道鏡は人間にてはよもあらじ

人間を離れた化物扱いをする始末だ。その道鏡が縁結びの神である出雲大社へ願いに詣ったが、

▼道鏡にさて困ったと大社様

さすが縁結びの神である大社様も、ちょうど寸法の合う女性を紹介することができない。さァ困った。

▼みみずに小便弓削あとでびっくりし

みみずに小便をかけると罰が当たってあとで陰茎が腫れ上がる、という俗信が今でも地方に残っている。聞いた道鏡、これ以上大きくなったら大変だと大慌てしたそうな。

ここで、口上で紹介した解釈に時間を要する難解の句を披露する。

▼門口で医者と親子が待っている

医者は薬師のことで薬指、親子は親指と子指のこと。これが判らないとこの句は永久に解けない。つまり、親指子指と薬指の三本が入口で待たされていて、中指と人差指の二本は中に入っている。じゃんけんのチョキ（ハサミ）の形で、これが幽源を探る行為を意味し、中国では探幽という。

早稲田の大隈重信侯の屋敷には、各国の著名人が出入りして賑わっていたが、ある日中国の学者が招かれ、応接間に掛けてあった画幅を見て一驚した。それは幕府奥絵師として画壇を支配し、近世狩野派様式と地位を固めた狩野探幽の絵で『探幽』の落款があったからだ。

「中国では探幽などという言葉は士君子の口にすべき言葉ではありません」

とその理由を聞かされ、大隈もすぐその重文級の軸を外したという。
そこで次なる句意もすべて納得がいくというわけだ。
▼指二本いくのの道の案内者
百人一首小式部内侍の『大江山いく野の道の遠ければまだふみも見ず天の橋立』の文句取りで、
指二本が探幽へのガイドとなっている。二本の指を広げると人という形になるところから、これ
を「指人形」、「人形」と称し、
▼人形を槍の替わりによく使い
槍は男性そのものであり、これも探幽の句である。
▼道鏡は浮世は広いものと言い
自分のものが余りにも大きすぎて、一時は恋の相手さがしに絶望しかけた道鏡だが、世の中心
配することもない。彼にふさわしい、しかも色事好きで身分の高い女性、そのうえ、
▼道鏡が出るまでごぼう洗うよう
という広陰の持ち主である女帝が現われ、その孝謙天皇の御意に道鏡がすっぽりはまってし
まったという次第で、
▼医者親子ともに女帝は御寵愛
医者や親子のものを門口に待たせておく必要はない、そっくり面倒みよう……。
▼あいだには腕人形を弓削使い

もちろん腕人形などは造語であるが、女帝には指人形では小さすぎるでしょう、という川柳子の思いやりである。

とまれ、道鏡の巨根は日本史にあまねく有名で、

▼弓削の門馬も辞儀して通るなり

道鏡邸の門前を通る馬はすべて「スマネエ」と頭を下げて通ったという。それほどの大道具をこよなく愛した広陰の女帝ゆえ、五本の指が同時に入ってきても「苦しうない」というわけである。

天子の死を崩御（ほうぎょ）というが、弓削に腕人形を使われて昇天しかけた女帝、

▼道鏡に崩御崩御とみことのり

死ぬ死ぬというべきところ、女帝の詔勅（みことのり）とあって「ホーギョ、ホーギョ」とは、どうにも恐れ入ったものである。

〔在原業平（ありわらのなりひら）〕　姫君から小娘までの博愛精神

在原業平は「古今集」第二期〝六歌仙時代〟の歌人で、小野小町と並んで日本の美男美女の典型とされ、古代の貴族がそうであったように、彼もすこぶるつきの色好みであった。

江戸時代の人々が業平を好色家と決めつけた理由は、彼自身の経験を書き綴ったものと考えられている伊勢物語に、さまざまな恋模様が歌語り風に語られているからであり、口さがない当時

の物書きの中には、

「業平は三千三百三十三人の女と接した」

と書いた人もいたという。

▼千早ぶる神代にもないいい男

この句の土台になった業平の歌に百人一首で有名な『千早ぶる神代も聞かず竜田川からくれないに水くくるとは』がある。

そのいい男が、

▼色事にかけてはまめな男なり

ときて、その相手になった女たちは、

▼業平は高位高官侍女小あま

上は后（きさき）から高位の女御、百歳に一歳足りない老婆から十二、三歳の小娘にいたるまで、美醜年齢に関わらずという、まさに求道（ぐどう）の達人であった。

業平と駆落ちして芥川で捕まったのが二条の后で、

▼助平と后を原でとかまえる

捕まったときの二人の姿は緋の袴と狩衣だったので、

▼芥川どっちも逃げるなりでなし

后を背負って川を渡るシーンは、

▼二ア人に足跡一つ芥川

▼やわやわと重みのかかる芥川

背中の后は威勢よく、

▼連れて逃げなよと二条の后いい

達者なお姫さまである。

その業平にこんなエピソードがある。九十九歳の老婆がなみなみならぬ恋情を業平に寄せ、業平も不憫のあまりその恋を叶えてやったというのだ。

▼よからじもない婆々の久しぶり

「よからじもない」は「よいはずもない」の意で、業平の扱いにお婆さんもよほど感激したらしく、

▼よからじもない婆々を持ち上げる

と甘言で有頂天にさせた。このとき業平の詠んだ歌が『百歳に一歳足らぬ九十九髪我れを恋うらし面影に見ゆ』である。

かくのごとしで、業平の女人行脚にはまことに烈しいものがあったが、玄人の女は一人もいない。すべて素人ばかりだ。そこで、

▼業平は金を遣ったどらでなし

▼金銭を遣わぬどらは在五なり

在五とは業平の異称である。

▼業平はてん屋の味を知らぬ人

てん屋とは商売屋のことで、今でもてんや物などという。だから、

▼業平のかさをかかぬも不思議なり

したい放題、女道楽の限りを尽くしたけれど、玄人の味を知らなかったために性病などとも一切無縁だった。銭金(ぜにかね)を遣いまくって遊び呆けた世間のどら息子とはケタ違いというもので、ゆえにこそ業平流の女遊びもまた、ちょいとケタ外れなのだ。

▼おくら子までゆるさぬは在五なり

おくら子とは伊勢大神宮の神饌(しんせん)を供える役の少女で十二、三歳。業平は伊勢神宮の斎宮(さいぐう)（皇大神宮に奉仕した未婚の女子皇族）とも通じたが、その侍女の小娘にまで手を出したというから、そのスタミナとサービス精神にはただ恐れいるばかりである。

▼兄は蓋(ふた)あり弟はやたらする

業平の異母兄は行平(ゆきひら)という。「ゆきひら」は「ゆきひら鍋」の略で、蓋と把手が付いた陶製の平鍋(ひらなべ)。兄には蓋が付いているので抑えも効くが、弟にはそれが無いから道楽も制限が無いという洒落(しゃれ)た句である。

その一方で、

▼業平は兄貴もきつい好きと言い

という句もあるが……。

▼業平が蜆と遊ぶ井戸のはた

伊勢物語に、業平が友人である紀有常の娘と遊んだ「筒井筒」の話を詠んだもの。

▼蛤が好きで蜆に名を残し

この句は意味シンである。本所業平橋の付近で採れる蜆は「業平蜆」といって江戸の名物になっていた、というのがヒント。

〔間男〕遠くの亭主より近くの他人

小判は一両だが大判は十両で、そのことは大判の表面に『金拾両』と墨書してあることでも判る。ところが大判の品位は小判より低く、当時の公定換算価は七両二分、一両は四分だから七両半ということになる。

それに大判は御礼、献上、下賜などの贈答や儀礼にもっぱら用いられ、いわゆる天下の通用金ではなかった。そこで、間男事件などが起こった場合、他人の女房を寝取った男はその亭主に対し、詫び料として小判十枚の罰金を支払う義務を負い、女性の貞操を金銭で評価する失礼を避ける意味で十両大判をもって支払った。その実質が七両二分であったというわけである。

これが江戸中期に至ると何事も現ナマ優先の風潮となり、大判から生々しく小判の決済が主流となって、「間男見つけた七両二分」といういい回しが流行し、

▼据えられて七両二分の膳を食い

据え膳食わぬは男の恥とはいうものの、それに伴うしかるべき覚悟も必要になったわけである。こうして七両二分が間男の相場として定まると、勘定にさとい上方から、「七両二分は高すぎる、せめて五両ぐらいがええところ」との声が上がってこれが定着していくのだが、享保（一七一六〜）の値が百年後の文化（一八〇四〜）になって五両に値下げしたというのがおもしろい。狂歌の名手・蜀山人も、

「姦夫（間男）の償い金を金七両二分という。これ、大坂にて五両二分というもおかし」

と、値下げの記録を著書『金曽木』に残している。

▼間男のからだ一つが金五両

▼一番で五両出させる憎いこと

▼素人（しろうと）の女郎代金五両なり

など安永（一七七二〜）を過ぎるころからは五両におさまっている。

このころから美人局（つつもたせ）という手口がはやりだして、つい人妻の色気に溺れた坊主が、

▼馴れ合いで座頭煮え湯を五両飲み

近隣から人格者と思われていた人が、

▼思慮深き人が五両に引っかかり

これがもっとひどいのになると、

▼後家の情夫(いろ)先年五両出したやつ

▼憎い女房間男へ五両やり

間男は現行犯が条件である。亭主に現場を押さえられたら、姦夫姦婦とも二つに重ねて四つに斬られても仕方がなかった。だから、このドラマはしばしば亭主の留守中、つまり旅行中に起こることが多かった。

男同士の講中など、いやでも浮き世の付き合いで出かける亭主は、少しでも若いとか器量のよい女房を持っていたりすると、もう心配でたまらない。

▼旅の留守うちにもゴマの蝿がつき

▼旅は憂いもの女房を盗まれる

▼旅の留守女房道連れこしらえる

間男は白々しい顔で、帰って来た亭主に、

▼旅帰りさてご無沙汰と太いやつ

亭主のほうも間抜けなはなしで、

▼とは知らずさて留守中はお世話さま

などと礼をいっている始末だ。

ところが女房も負けてない。

▼旅帰り女房餓(かつ)えた真似をする

間男とよろしくやっていたのだから、決して飢えていたわけじゃない。
▼旅帰り女房久しぶりでなし
そのうち鉄面皮を決めこむ女房に腹立ちまぎれの隣家のカミさんが、
▼そのわけを隣りの内儀ばらすなり
となって大騒ぎ。せっかく友人に女房の監視を頼んで出かけたのに、その友人が女房の相手と判って騒ぎはさらに大きくなり、
▼露顕するまでは夫と無二なやつ
▼旅の留守頼んだ相手と不和になり
かくして結末は無残にも、
▼町内で知らぬは亭主ばかりなり
の噂が町中を駆けめぐることになる。にわかに不安になった亭主は、現行犯実証を握るため怪しい素振りの女房を尾行追跡。
▼重なっていたらいたらと忍び足
あげく現場を押さえたら、
▼湯気(ゆげ)の立つへのこ大家(おおや)を呼んで見せ
現認立証のため大家を呼び確認させるが、これほど生々しい証拠はない。大家も目のやりばに困って、

▼いいわけはあとでとへのこ納めさせ
ここでおもしろいのは次の一句、
▼間男と亭主抜身と抜身なり
亭主のほうは刃がピカピカに光る庖丁で、間男のほうは湯気の立つ段平、共に危険な凶器？に違いない。

〔坊主〕 医者が見放しゃお寺のもの

昔から「危なっかしく見ていられないものは若い後家さんの寺参り」といわれている。古川柳の昔から坊さんの手くせ、いや魔羅ぐせの悪さは聖職にありながら町内の若い衆より上だったというから始末がわるい。
▼二十後家立っても三十後家立たず
▼その当座後家立て通しそうに見え
二十歳代は身辺をこぎれいにして行いも慎み、いい寄る誘惑もしのいで生きていくが、これが女の熟れ盛りでまして男を十分に知っている三十歳代ともなると、周囲の男どもも放ってはおかず、自分の忍耐にも限界があろうというもので、ついには身を持ちくずすというのが通り相場のようだ。

夫に死なれたまだ二十代後半の未亡人は、当初はなにかと寺へ通い夫への供養を尽くす。薄化粧を施し身なりをととのえて花を持った図などは、坊さんでなくてもムラムラッとこようというものである。

▼若後家はいかい功徳とくどかれる

そうして若い身でありながら仏の供養をなさるとはえらいものです、などとおためごかしを並べたて、三度目には隙を見て後家さんの手を掴んで引き寄せ、おおいかぶさってしまう。

▼和尚さんあれさ仏に済みません

「なんということを、おやめください、和尚さん！」

「知れたこと、昔からお下がりは坊主のものときまってる」

じつにケシカラン話で、

▼若後家に随喜の涙こぼさせる

さんざんいいことをしたあげく、

▼生如来（いきにょらい）さまの利益（りやく）を後家はらみ

▼信女の月を淀ませる和尚さま

▼石塔の赤い信女が子をはらみ

新仏の墓を建てるとき、未亡人は夫の俗名の隣りに自分の名を朱文字で刻みこむ。寺を歩いていると今でもよく見かけることがあるが、この〝赤い信女〟がご懐妊とはおだやかではない。〝貞女二夫にまみえず〟の時代、未亡人に対する世間の目は厳しかったから、彼女は転居してこっそり坊さんの囲い者になってしまう。

　昔の坊主は門徒衆＝真宗＝以外の妻帯を禁止されていた。万が一〝女犯の罪〟が発覚したら、寺持ちの僧は遠島、一般の僧は女とともに縛され、日本橋のたもとで三日間のさらしものにされた。人妻と密通した場合は、寺持ち一般僧ともに獄門刑という厳しさであった。

　しかし僧侶とて生味の人間であり、物欲もあれば食欲も性欲もある。禅寺の正門脇に『葷酒山門不許入』と彫った石碑が建っている。葷酒とは葷辛酒肉の略で、葷辛はニラ、ニンニク、ネギ、ショウガのようにピリッと辛い青物のこと。いずれも精力源で栄養価の高いものであり、僧の修行に必要のないものだから酒や肉と共に門内に持ち込んではいけない、という戒めなのだが……。

　これはあくまでも表向きで、酒肉に関してはそれぞれ寺の隠語を定め、酒が般若湯、蛸が天蓋、泥鰌が踊り子、鮪の刺身が赤豆腐、卵が御所車と名を変えていくらでも寺に入りこみ、ニラやニンニクは裏の畑で栽培し、坊さんスタミナがあまってしようがない。

　そこで持ったのが大黒という隠語の隠し妻である。ボン語で大黒は山の神の意、大黒天は台所に祀るところから、台所におさまっている女を大黒と呼んだわけだが、

▼大黒をまつる和尚は生臭し

　まさにナマグサ坊主の見本である。

▼大黒を泣かせるほどの知識なり

知識とは名僧知識の略で高位の坊さんのこと。昼は得意の説教で善男善女を泣かせ、夜は秘技をもって大黒を泣かせる名僧？　だ。

檀家の顔なじみが遊びに来て、さっそく一杯はじまった。

「ときに和尚、もう少しいいさかなはないのかね」

「これしかござらんぞ」

「水臭いことをいうね。わしは知ってるんだよ、いつも和尚がおいしいものを並べて飲んでるのを」

「それでは致し方ないな。これ、出てきてお酌をして差し上げなさい」

客は酒の肴を催促したのに、坊さんはてっきり大黒が露顕したものと勘ちがいして女を呼んでしまった。
▼妄語戒破って和尚めいと言い
「これはわしの姪(めい)でな」

いいわけしても手遅れである。

〔浅黄裏(あさぎうら)〕　もてないけれど最高のお客

三代将軍・徳川家光のときに制度化された参観交代は、以降明治維新の四年前までの二百三十余年間、徳川歴代の幕府に平和をもたらせた。

大名はほぼ一年おきに故郷の国詰めと江戸出府をくり返すというシステムで、妻子は常に江戸の上屋敷に住んでいた。つまり、大名にとってみれば妻子を人質に取られていたようなものだから、まず反逆を起こすことはできない。

加えて国詰めと出府のくり返しで往復の大名行列に莫大な費用がかかるから、財力を蓄える余裕もない。

▼鞘は江戸殿は抜き身でご出立

抜き身とは男性自身であり、鞘は抜き身を納める女性自身である。殿が抜き身一本で故郷へ立ったあと、奥方は江戸で一人、一年後を待つしかない。一年の空閨はあまりにも寂しいから、つい水牛の角でできた張形を愛用するようになる。

一年ぶりで殿が国許から戻ってみると、どうやら奥方が牛の角と戯れていたことがわかってご立腹。しかもその張形が殿の品物より一段と逞しく立派とあって、とうとう頭に血がのぼり、「エーイ、かかる不浄なものを使いおってッ」とばかり、

▼大名は一年置きに角をもぎ

牛角を捥ぎ棄てた、というのが川柳子の推量だが、殿としても妻を一年間も放っておいたのだから、角遊びぐらいは致し方ないという焦れったさが窺えておもしろい。

さて、この殿の江戸ご出立の供として従ったのが、本項の主人公である浅黄裏である。田舎生まれの田舎育ち、無知で野暮で威張りやのケチ。彼らは一様に、羽織の裏に安物の浅黄木綿を用

いていたので、付いた仇名が浅黄裏。遊びに行くところは吉原と決まっていたが、そんなわけでまず娼妓にもてない。もてないけれど吉原では最大のお得意さんだ。

▼どのうちへ行ってももてぬ浅黄裏

▼夜が更けんした低砂（ひくさご）でお唄いよ

謡曲の『高砂（たかさご）』を馬鹿でかいどら声で吼え立てるからヒクサゴで唄えとからかわれる。

▼ふられると武勇を振るう浅黄裏

若い衆の牛太郎が仲介に入ると、

▼浅黄裏やわらで妓夫（ぎゆう）を小突くなり

声も次第に大きくなり、

▼こりゃ喜助身共（みども）は枕買いに来（こ）ぬ

いつまで待っても顔を見せない娼妓、この八つ当たりは喜助という見世の若い衆に向けられる。

「喜助ッ、わしは枕を買いに来たのではないぞ、女を呼べ！」

ところが皮肉なもので、田舎侍に納得できない現象は、薬箱を持たない医者がもてていること。薬箱を持たない医者とは、僧侶が医者に化けたもので、これが結構もてている。

▼医者は医者でも薬箱持たぬなり

▼衣（ころも）だにもてるに浅黄つらいこと

「坊主の身でももてているのに、拙者は武士であるぞ」

▼人は武士なぜ傾城に嫌がられ
▼女にはご縁つたなき浅黄裏
ようやく姿を見せた娼妓が仮病（けびょう）の癪（しゃく）を起こすと、これを本気ととった浅黄裏は大いに狼狽して
▼困ったじゃ身共熊（くま）の胆持参（い）せぬ
そのうえ人の善い浅黄裏は、
▼作兵衛という傾城を浅黄買い
作兵衛というのは作病のシャレで、
「ここはどうじゃ、どうだ、ここかここか」
▼一分（ぶ）出しここかここかと押している
貴重な金銭を支払って仮病の女を一晩中介抱している図は哀れに近い。あげく、
▼いやな客も来ようのと浅黄言い
まさか目の前にいるともいえないから「アイ」と応えてたもとの下でアカンベエ。

〔提灯（ちょうちん）〕　歯か目かそれとも提灯（ちょうちん）か？

糖尿病にかかるとわが子のポテンツがめっきり弱くなり、不能同然になるという。しかしすべてがそうなるわけではないから、そう心配することもなかろうが、筆者の知人には気の毒千万な男がいる。

まだ三十九歳で細君は三十二歳の美人。二人目の子どもができたところで糖尿病になり、二か月入院して退院できたが、以来子せがれがピクリともしない。

女盛りの細君は豊満な体をもてあまし、愚痴ばかり聞かされる亭主はいらいらしてやけ酒を飲むから、なお悪くなるばかり。命に別条はなくても人生何の楽しみも無くなってしまった。

古来より男の老化現象は歯・目・魔羅の順に来るとされている。
▼歯は入れ歯目は眼鏡(めがね)にてこと足れど
たしかに歯には入れ歯という武器があり、目には眼鏡という助け舟がある。だが、子せがればかりには代打もなければDHもない。
▼三つのうち目も歯もよくて哀れなり
知人は歯も目も申し分なく健全ときているから、哀れもひとしおである。

このように小田原提灯(ちょうちん)をたたんだような気の毒な状態を、五七五の世界では〝提灯〟という。
▼尼(あま)寺の大工ちょうちん唐辛子(とうがらし)
尼寺は女ばかりの世界で男子禁制である。仕事を頼まれた大工の棟梁は、妙な事故を起こされては困るから、すでに男の機能を喪失した老人か、まだ青唐辛子の少年見習い大工を出入りさせることになる。

江戸時代にはこのブラブラやまいは、すべて美食による大名病とか提灯といわれ、その特効薬は、

▼提灯の骨接ぎをする生卵

傷んだ骨の修理には生卵が一番とされていた。二番目がうなぎで、

▼うなぎの油で提灯よくとぼり

さて、生卵がダメでうなぎも効かないとなったら、最後の手は何？　やっぱり……。

二十年ほど前に、Yという女優がいた。とびきりの美人というほどではなかったが、知性と色気を半々に持つ個性的な女優で静かな人気があった。初老の時代小説家が急死してこのYを愛人にしていたというネタが入り、早速インタビューを取りつけた。

いろいろ雑談のあと、

「ところでM先生とかなり親しいお付き合いだったそうで？」

このときの彼女の堂々たる返辞を　筆者は終生忘れないだろう。

「そうよ、恋人同士、フフフ」

「でも、としが四十歳も違うでしょ？」

「あら、女には指も舌もあるのよ」

▼美しい手で提灯のしわ伸ばし

▼ご新造は干大根によりをかけ

かくして、消えかかった活力も女性の健気な努力で蘇生しようというものである。

次も芸能界の知る人ぞ知る実話だ。

▼ぞんのほかいい男だが象の鼻

子どものいない中年の男優がいて、仮にYとしておく。銀座の高級クラブに、

「Yと寝られたらいつ死んでもいいわ」

という熱狂的なYファンのホステスがいて、ある夜客で来た芸能プロの社長に、

「では私がきみをYに会わせてやろう」

といわれ約束成立。超多忙なYとようやくデートとなり、一杯のあと芝のホテルへしけこんだのだが。後日、来店した社長にYの感想を聞かれ、ホステスの一言が、

「もう顔も見たくありません」

つまりYは〝像の鼻〟、大きい物がぶらんと垂れ下がったままで何のお役にも立たなかったという。Yは若いころから一回にウイスキーを一本空ける酒豪だったから、これが原因かもしれないが、日ごろから記者サービスのいい人気俳優だったから、彼の悪口を書く記者は皆無だった。

アルコールには早漏を長引かせる効果があって、夕食時の適量の酒をすすめる医師もいるが、これも度を過ぎては意味がない。

▼立ちもせぬ物を生酔い押っつける

これも虚しい振舞いだが、

▼門口でお辞儀奥へと女いい

「ぐずぐずしてないで早く奥へ入んなさいな」

と迫ってくる女性も、いささかデリカシィ不足というものでしょう……。

〔どら息子〕父親のスネと母親のヘソ

▼労咳の親は世間のどらを褒め

落語『明烏』などの枕に使う柳句で、古今の名句でもある。○○屋の一人息子は飲む打つ買うの三拍子、町内でも札付きの遊び人で道楽者の見本のようなどら息子だが、それでもそんな放蕩者が羨ましい。うちの伜ときたら、家に閉じこもりっきりでちっとも遊びに出ようとせず、青白い顔で本ばかり読んではコホンコホンといやな咳をくり返し、たまに窓から遠い景色を眺めては溜息を吐いている。藪井先生の見立てではどうやら胸の病（労咳）らしい……。

結核の息子よりは世間のどら息子のほうが羨ましいのも当然というものだろう。

このどら息子、ほとんど母親が手伝ってどら作りをしているというのが、今も江戸の昔も変わらないらしい。

▼ちっとずつ母手伝ってどらにする

このどら息子作りを手伝っているという意識が母親にはないらしい。飴があるのにチョコのほうがいいとごてると、すぐチョコを買い与える。すべてがこの方式でオーディオセットがスマートフォンになり、自転車がバイクになり、四畳半が二ＤＫのマンションになる。息子がどらのコースを歩んでいるのに、一所懸命努力・協力しているのだ。

▼惚れられぬよう買いやれと甘いこと

「お金で割り切って遊ぶのはいいけれど、決して相手の女に惚れられちゃだめよ」

といらぬ助言をし、たっぷり軍資金を与える始末。たまらないのは父親である。

▼親の脛かじる息子の歯の白さ

▼食いつぶすやつに限って歯をみがき

千両箱の重さが親父の知らないうちにだんだん軽くなる。

▼一箱を息子だんだん軽くする

▼田の中に息子小判を入れあげる

田圃に資本を投下して農業に精出すのならまっとうだが、昔の吉原は田圃の真ん中にあって吉原田圃と称されていた。そっちの田に入れあげていたわけである。

▼爪の火を息子夜な夜な消しに行き

親父が爪に火をともして貯めた金の火を息子が消して歩いている。

▼溜めたがる遣いたがるでいつも揉め

親父は溜めたがる、息子はつかいたがるで揉めどおし。親父が財布の口を堅く締めれば伜は知り合いから借りてくる。

▼お貸しなさるは怨みだと親父言い

すると伜は金目の物を質屋へ持って行く。慌てた親父は質屋へ掛け合い、

▼もう取って下さるなよと親父受け
質物を受け出してくる始末である。
ある日突然どら息子がいなくなって店(たな)は大騒ぎになったが、易者の見立てで、
▼吉原にござると易者さばけもの
▼大門の迷子はあした帰るなり
本当に翌朝帰ってきて一件落着。しかし、あまり遊びが過ぎて親の金銭管理は厳しくなるばかり。母親も財布の置き所をあちこちと移動させ隠すのだが、どらの勘は天才的である。
▼ちょこちょこと金の置所(おきど)を母は変え
ある日、秘密の場所である抽斗(ひきだし)をあけて見ると、
▼隠し抽斗をあけ母ぎょっとする
ない！　きれいにさらわれていた。
▼恋しきは親父が脛(すね)と母の臍(へそ)
▼ごろつきの息子は母の臍を取り
つまり親父の脛をかじり、母親の臍くりを盗(と)るのがどら息子の特技であった。
▼殺された息子死金(しにがね)くすね出し
女郎の手管にはまった（殺された）どらは、父親がこっそり蓄えていた死金（葬儀代）にまで
手を伸ばし、

▼殺された息子毎晩化けて出る

もとより息子が毎晩化けて出る先は吉原である。

〔三成と弁慶〕　戦国の世は男色の全盛

この時代、大名は美少年に振袖を着せ、小姓として可愛がるのが普通だった。

▼尻の恩命投げ出す関ヶ原

この句は、豊臣方のために一命を棄てた小姓出身の石田三成を詠んだものである。三成は幼名を佐吉、江州観音寺の小坊主をしていたが、あるとき鷹狩りの帰途に秀吉が寺へ立ち寄り、茶を所望した。その折佐吉は初め大きな茶碗でぬるい茶を、次には湯呑に半分ほど少し温かい茶を出し、三杯目には熱い薄茶を小さな碗に注いで差し出した。

▼馬の小便を佐吉は初手に出し

「こんな馬の小便みたいなぬるい茶が飲めるか！」と、ふつうなら怒鳴られるところだが、秀吉は小坊主の機転の利いたはからいに大いに感心し、十歳だった彼を家臣の列に加えたのである。

▼ぬるい茶でだんだんあついお取立て

と出世コースに乗りかかり、

▼茶のあとで和尚釜まで所望され

茶と釜は〝茶釜〟の掛け言葉。観音寺の和尚は小姓の釜まで差し出せと命じられる。

▼初めは茶のちには釜を奉り（たてまつり）
こうして三成はさらに運気上昇一途で、
▼茶が御意に叶いお釜を起こすなり
〝お釜を起こす〟は一仕事に成功することであり、その結果、
▼三成は肩より尻で風を切り
と、同僚朋輩から一斎に嫉妬の声を浴びせられた。まさかそのせいでもあるまいが、彼の終末は悲惨なものといわねばならなかった。
▼小姓あがりは尻くせを悪く死に
小姓出身のことだから尻くせも悪かろうと掛けたが、関ヶ原合戦の際には手ひどい腹痛に見舞われ、草原に坐り込んで唸（うな）っている最中に捕まったという風説が残っている。最期は六条河原で首を刎（は）ねられた。
さて弁慶は――。
▼弁慶と小町は馬鹿だなァ嬶（かかあ）
三百年後の噺家たちにまでこんな悪口を叩かれたのはなぜか？

「弁慶のやつはこんないいことを、たった一度きりでやめるなんて何て馬鹿なんだろうなァ、おっかあ」「まったくだね、おまえさん」
▼静に小声弁慶は野暮だなァ

と源義経も妻の静に耳元で囁いた。

小野小町は鎖陰といわれ、穴無しと極めつけられて生涯男知らずだったという。

▼弁慶と小町出雲も持て余し

この二人の結婚願望には、さすがに縁結びの出雲の神さまもお手上げだったそうな。

▼武蔵坊とかく仕度に手間がとれ

弁慶はいつも大仰な七つ道具を背負っていたから、さぞや仕度には手間取ったことだろう。彼は鬼若丸と称した青少年時代から有名な女嫌いで、その生涯に下働きの女と一度交わったきりという伝説が今に生きている。

▼武蔵坊終わり初もの一つぎり

これすなわち〝一生一交〟であり、

▼弁慶が一度の相手名も知れず

であり、維新期の謎々にも『武蔵坊弁慶と掛けて相撲の立合いと解く、その心は一番勝負』などと冷やかされている。

▼前と背に不要な道具武蔵坊

背中の七つ道具にしても大袈裟なばかりで、一生のうちにほとんど使いもせず、前の道具も一生に一度しか使わかったから、まずは不要物。してみると、

▼不要物ともに弁慶八つ道具

ということになるが、いささか川柳子も口さがない。しかし、多少は同情気味の句もないではない。

▼二度目のがたこだと武蔵やめぬなり

生まれて初めての相手が何とも粗末な品物で、これ一発で懲りたのだろう。もしも名器といわれるたこであったなら、よもや一生一交ということはなかったに違いない、と。

▼かのとこはむさしむさしで一度きり

弁慶に、なぜ一度きりで女が嫌いになったのかと尋ねた人があって、その答えが、〝むさし〟は〝汚ない、臭い〟の意を名前の武蔵で返した言葉遊びであるが、不粋な弁慶にしては上出来な返句といえそうだ。

▼弁慶でつい父(とっ)つァまになられけり

たった一度のことで子どもの父親になってしまったという、妙なところでいいわけ無用語にされてしまった。

〔久米仙(くめせん)〕 久米の仙人V.S出歯の亀太郎

▼そのむかし洗濯の場に人が降り

天界を飛行中に、たまたま地上で洗濯をしている女性の白い内股が目に入り、ムラムラと妙な気を起こしたとたん、神通力を失って墜落したのが久米(くめ)の仙人である。

雲の上から女の白い脚が見えたというのは、よほど目がよかったに違いないと、
▼久米仙はよほど遠目の利く男
などとからかわれているが、
▼仙人さまァと濡れ手で抱き起こし
落下のショックで目を回したが、われに返ると相手は目の覚めるような美人で一目惚れ。仙人をやめて彼女と結婚したが、生活のために、
▼仙人も還俗をして糊を売り
洗濯のりの行商までやったが、どうもうまくいかない。ついに一念発起して仙道修行に励み、大和の国に久米寺を建てるほどの出世をしたのだが――。

それにしても仙人の域にまで極めた人が、女の太股を見たぐらいのことで雲を踏み外すようなドジを演ずるものかどうか、という疑問が残らないではない。

明治四十一年三月二十二日の夜、東京・東大久保の植木職・池田亀太郎（25）が、酒に酔って近所の銭湯の女湯をのぞき、興奮の末に風呂から出てきた二十八歳の人妻を尾行し、空地へ連れ込んで口に手拭いを押し込み暴行、そのまま窒息死させるという悲惨な事件があった。

被害者は町内でも評判の美人で、犯人は四人の女房に逃げられ、いまの女房が五人目という生来の怠け者、酒と女が大好きな銭湯のぞきの常習犯であった。

この亀太郎は無期懲役の判決を受けたが、人一倍歯が出ていたためにデバガメと呼ばれ、これ

が痴漢の代名詞となった。

なぜそれほど女湯のぞきばかりやっていたのか、という裁判官の質問に、彼は、

「毛を見ると興奮した」

と答えた。後世のうるさ型が久米の仙人の墜落に疑問を抱いたのもこの点で、古川柳にいわく、

▼毛が少し見えたで雲を踏み外し

というのが真相のようである。

▼物干しは下から通（つう）を失わせ

若い娘が着物のすそをはしょった格好で物干し台に上がり、洗濯物を干している。通りかかった男が下からヒョイと仰いでギクリとし、羽目板に歯をぶっつけたという図。

デバガメなら久米仙をそうからかったかもしれない。

▼女湯の番をさせたら久米即死

後世の説として次のような句もある。

▼仙人を生捕（いけど）りにする洗濯し

はじめから女が仙人を生捕りしようと計画して、

▼洗濯のときは足駄を尻へはき

坐り仕事で疲れるので、疲労予防のために下駄を尻に敷いて洗っていたため、自然と奥の院が見えてしまい、ために仙人は毛に目が眩んで転落したのだという。

秘部を見せただけで仙術を奪い、仙人をただの男にしてしまうのは、女がよほどの美人だったからだろう。

▼仙人を素人(しろうと)にする美しさ

鼻唄を口ずさみながら尻はしょりをして土手を流している夜鷹を見て、通りかかった若い衆がその白い股に目を見張り、

「それを見たら仙人も落ちるだろうよ」

と冷やかしたら、女が、

「千人？　いや、今夜は百人」

〔老人三態〕 魚屋の猫は手を出さない

その一　親父

▼親父まだ西より北へ行く気なり

日本人の平均寿命が延びて、男でも八十歳の大台に乗った。親父などは西（西方弥陀(みだ)の浄土）へ行く準備どころか、娑婆(しゃば)っ気十分で北（北国、つまり吉原）の観音様詣でにばかり行きたがる。

吉原へ向かう土手八丁で、親父と息子がばっちり鉢合わせ。親父が、

「おい、博打(ばくち)ばかりはするなよ」

照れかくしにそう言ってから、

▼間男をするなと親父土手で言い

確かに当節の老人は元気だ。七十前などはとても老人とはいえない。最近定年で会社を辞め、デイサービスセンターの所長に転身した友人が、つくづく呆れたという顔でこういった。

「だれもいないはずの会議室を開けたら、禿と白髪の老人同士がしっかり抱き合って接吻してるんだ。いや魂消(たまげ)たのなんの」

ことの後に伜が花魁と世間ばなし。そのうちこの女がかつて親父の女だったことがわかって、伜は大慌て、

▼言語道断親父へも出た女郎

親父と息子の敵娼(あいかた)が同一遊女だったとはとんだ〝父子どんぶり〟で、父と子が兄弟の契りを結んだようなもの。

▼行くなじゃねェがやっぱり行くななり

「行くななんて野暮は言いたくねェけれど、やっぱり行かねェ方がいいな」

▼しまりゃれよみんな貴様の物だによ

「振舞いを堅くすればいずれみんなおまえのものになるんだから」と遊んだ末の親父はよくわかっている。

その二　隠居

隠居の女遊びの相手は、大夫(たゆう)（年増）にはもてないので妹女郎の新造と決まっていた。年齢を

考えれば太夫などに手を延ばさず二朱が相場の新造で十分だという、隠居の謙遜の心が働いてのことだろう。

▼ご隠居は箪笥も何もないが好き

部屋持ちの太夫と違って新造は家具道具類は何も持ってない。隠居はそこが好きなのだという。

▼新造を冷水（ひやみず）が来て上げるなり

老人の冷水というとおり、

▼冷水をみなかわらけに吸いとられ

▼新造と抜群ちがう客の齢（とし）

ご隠居は七十歳、新造の方は十四、五歳。

▼新造は入れ歯を外して見なと言う

孫のような歳の新造にからかわれ放題で、あげくは小声で、

▼新造は死にはぐれめとそっと言う

こういう小憎らしい小娘を、

▼毛も生えぬあしかを二朱で買い被り

あしかはよく眠る海獣なので新造のニックネームになっている。こんな小娘のような遊女を馬鹿を承知で相手にしている老爺のコンプレックスと見栄が、

▼六十にして立つ隠居頼もしい

とほめられ、ついには、

▼七十にして立つ隠居古来稀れ

〝古稀〟の栄誉に浴したのである。

その三　奥家老

武家社会の老人としては、大名家の大奥で女中たちの総取締をしていた奥家老がいた。七十歳前後の老爺がほとんどで、大名の奥様やお嬢様の外出の供をしたが、すでにご婦人はお呼びでないという歴々であった。

▼奥家老羅切(らせつ)したのを鼻にかけ

羅切とは〝魔羅を切る〟意で男の象徴を切除し、宦官(かんがん)と同様になること。これぞ男の花道と、若い連中の前で威張ったものだという。

ということは、

▼奥家老男と申すばかりなり

男か女かと問われれば「男だ」とは言うものの、そう応えるほかはない。

▼魚屋の猫の気でいる奥家老

屋敷内には若い女がいくらでもいるが、魚屋の猫は商品に手を出すのはご法度(はっと)。ゆえに若い奥家老は置かない。

▼しなびた松茸椎茸の守役

しなびきった松茸は、椎茸たぼを結った御殿女中のお守役だということ。
▼晩年に及んで奥の締めくくり
これが無難な老後の正解であろう。

〔仲人（なこうど）〕　嘘八百が商売のもと手

▼仲人は舌を抜かれる覚悟なり
「新郎は〇〇大学を優秀な成績で卒業された秀才で、新婦は△△女子大を首席で卒業された才媛、まことにお似合いのカップルのご誕生でございます——」

披露宴の仲人の挨拶といえばこんな調子がほとんどで、まったく味気ないものが多い。

この仲人、江戸の昔から嘘をいうのが常道とされ、死んだ後も地獄のエンマ大王に舌を抜かれるのを覚悟のうえで〝ゼニ稼ぎ〟に励んでいたという。なかでも、医は仁術にあらず算術なりとばかり、もっぱら仲人を専門業にしている医者が少なくなかったらしい。
▼仲人にかけては至極名医なり
江戸時代、惚れた男女が互いに好き合って一緒になる恋愛結婚は〝くっ付き合い〟といって、むしろ恥ずかしい振る舞いだった。結婚には必ず仲人がいて、これが両家の間に立って双方が合意すると黄道吉日を選んで見合いをさせた。

その見合いもごく形式的なもので、単なる顔合わせで婚約同然。相手の容貌や趣味などは二のつぎで、仲人の前で両家が合意すれば結婚はほぼ成立であった。

あとは、男から女へ帯を、女から男へ袴（はかま）を贈り、カツオブシ、スエヒロ、スルメ、コンブ、柄樽（えだる）などの交換があって結納が終わり、挙式終了の段階で仲人に費用の一割を礼金として渡す。

この礼が欲しい一心で仲人は奔走し、両家に嘘情報を吹き込んで婚姻成立に駆け回るのである。

「お元気そうな姑さんがおいでですね。声が大きくて、ちょっと怖そうな……」

「いいえ、仏みたいに優しい方で。本当は病身なんですよ」

▼仲人に訊（き）けば姑はみな仏

▼おしゅうとはじきに死ぬさと仲人言い

こうして両家へ嘘八百を半分ずつ吹きまくるから、

▼両方へ四百ずつ売る仲人口

持参金が百両とすればその一割の十両が礼金として転がりこんでくるのだから、仲人稼業はおもしろくてやめられない。

ところが、姑以上に嫁さんに嫌われたのが相手の男性の姉や妹、つまり小姑である。

▼小姑がたきつけ嫁をいびりだし

というケースが珍しくなかったから、小姑は〝鬼千匹〟といわれて敬遠された。そのあたりを質問されると仲人も如才なくとぼけ、収入先決とばかり小姑は一人もいませんと嘘をつく。

▼仲人は鬼を千匹殺すなり

四十二歳になってかなり名前も売れている漫画家が、二十二歳も若い女性に一目惚れし、プロポーズした。

「私の家族構成はとても複雑で、先々きっとご迷惑をおかけしますから」

と娘はことわったが、彼はこのチャンスを待ってたとばかり、

「ぼくはきみと結婚するんであって、きみのきょうだいたちは関係ないよ」

と強引に口説きつづけ、年齢の差を理由に反対する両親を押し切って、数人の友人だけに祝福されて小さな式を挙げた。

そしてわずか三か月ののち、彼女に十人以上の異母、異父きょうだいのいることがわかって、彼はガク然としたのだが、すべては後のまつり。
▼仲人の口癖に言う石の上
さて、この漫画家センセイ、三年の辛抱ができるかどうか？

〔女衒(ぜげん)〕　鬼にも劣る人身売買業者

この女衒という言葉が、いつごろどこから入ってきたものか、いまだに言語学の世界でも判然しないという。ただ衒には「売る」、「悪い物でも良い物のように見せかけて売る」という意味があって、江戸時代に入ってからは遊女、飯盛(めしもり)、陰間(かげま)（男色をひさぐ若衆）などの身売りや鞍替えを仲介する専門業者、つまり人身売買を業とする周旋屋のことを言った。その性格は冷酷非情で、

もちろんプロだけでなく生活苦のために身売りする娘、それを売ろうとする親と交渉してあこぎの限りを尽くす人間としても最低の職についている男のことである。

貧ゆえの最大の犠牲者はいつも娘だ。

▼大病に女衒の見える気の毒さ

老父が死病の床についてもう三年、噂を聞きこんで訪ねてくる女衒、

▼借金の穴を娘の穴で埋め

もうこれしか手段がないという貧しい家に目星をつけ、

▼売り食いを女衒の見込む酷いこと

▼病気見舞いはつけたりで女衒来る

▼水損の畦を踏み分け女衒来る

水害に遭って困り抜いている家をめぐり歩いていく。他人の不幸につけこんで商売するところが女衒の嫌われた最大理由であろう。親にしても、いくら貧乏ぐらしをしても可愛いわが子を女郎屋などに売りたくはない。そこで女衒は得意の弁舌に磨きをかける。

女郎に売られても必ず不幸になると定まったわけじゃない、良い人に身請けされて玉の輿に乗れば娘の幸福というものだ。

「廓へ行けば上から下まで絹の柔らか物を着て、ふだんから白いご飯が食べられて、箸より重い物を持つことがありません。十年の年季ぐらいは夢のうちですよ」

▼いいとこだ泣きなさんなと女衒言い

▼十年は夢でございと女衒言い

▼孝行に売られ不孝に請け出され

親孝行のために苦界へ売られたが、親不幸な若旦那に身請けされる機会も無いとはいえなかった。こうして親子を納得させると、つぎは身代金の相談で、足元を見て値切るのが彼らの特技。

▼継母(ままはは)とにらんで女衒安くつけ

相手が継母とわかれば、愛情も薄く手早く売りたがるだろうと値切り倒す。

娘を立たせたり坐らせたり、髪の毛の縮れ具合を調べたり。

▼銃豆(なたまめ)を食わせて女衒値をつける

これには、銃豆を食わせるとてんかん持ちの有無がわかるという説と、銃豆煙管(きせる)で頭を一発ぽかんと叩くとてんかん持ちかどうかがわかるという二説があるが、

▼銃豆でぶっくり返って値ができず

の句があるところをみると、一発殴りつけたのが本当のところらしい。

こうして、少しでも女の値を上げるためにいろいろ手をかける。

▼あかぎれのあるうち女衒売らぬなり

▼買い出すと女衒へちまでおっこすり

▼泥鮫で買って女衒はこきむくる

泥鮫は加工してない鮫の皮で、これで磨けば肌につやが出るといわれていた。

▼麦搗唄（むぎつきうた）をうたうなと女衒言い

▼小便を坐ってしろと女衒言い

百姓がうたう唄や立小便は、お里が知れるからやめろなどと注文はうるさい。

いよいよ駕籠かきの担ぐ四ッ手駕籠に乗せられて別れの愁嘆場がやってくる。

▼構わずとやれと四ッ手へ女衒言い

▼顔をよく拭いて四ッ手に乗せてやり

▼貰い泣き四ッ手女衒に叱られる

離別シーンに同情の涙を浮かべる駕籠かきが、女衒に小言をいわれる悲情の景である。

こらえていた娘がワッと泣き出すと、

▼吼えたとて帰すものかと女衒言い

無情なること鬼のごとき女衒の腹の中は、

▼掃溜（はきだめ）の鶴（つる）鳥籠へ女衒入れ

▼鳳凰の卵を女衒見つけ出し

鶴と鳳（おおとり）を手に、娘へ致命的ともいえる決まり文句を浴びせる。

▼仕合わせなわれは者だと女衒言い

〔御用〕油断大敵お喋り小僧

御用というのは御用聞きのことで、各家をたずねて御用（注文）を聞いて歩く、主に小僧だ。別名を「たるひろい」ともいう。

▼徳利に口ありびり沙汰触れ歩き

びりとは尻のことで、男と女の秘密の関係を意味する。「壁に耳あり徳利に口あり」はそのころの格言で、この徳利は酒屋の小僧のお喋りをいったもの。

▼たるひろいに来て一大事を見つけ

▼たるひろい危うい恋の邪魔をする

小僧はお喋りが得意で、見たものをすぐ喋って歩くから、

▼昼どりを触れて御用は食らわされ

礼儀知らずの小僧、いきなり戸を開けたりしてとんでもないシーンを目撃、これを町内に放送して歩いた末、男に張り倒されてしまった。それでも御用は負けてない。

▼していたに違いはないと御用言い

昔から有名な句に、

▼天知る地知る我知る汝知る

というのがある。これに一枚小僧という目撃者が加わると、ことはおだやかではすまなくなる。

▼天知る地知る二人知る御用知る

そこで女房の打つ手となると、御用を買収するのが最良の策戦というわけで、百文にぎらされて他言しないと約束させられる。

▼間男を御用百にて他言せず

ところがこの御用の中にも性悪(しょうわる)なのがいて、

▼言おうかと女房いたぶる御用聞き

「奥さん、おれが見たことを近所にいいふらしたら、どうなるかねェ?」

かかる悪いやつに見られたら運の尽き。本来ならここでピシャリと厳しい手を打たなければならないところだが、ちょい甘の女房は「一回だけよ……きっとよ」といって身をまかせてしまう。昔からこれが一回ですんだためしがない。絶対の弱味をにぎられ利用されて、あとはお定まりの泥沼コースである。

趣きは少々異なるが、これとよく似たケースがかつて筆者の周囲にもあった。仕事の関係である中堅の商社に出入りしていたときのはなし。

入社二年目で二十三歳のA君がある夜、一杯機嫌で夜のホテル街を歩いていた。そこでまったく偶然にも、あるラブホテルから出てくる社の上役同士の姿を見てしまった。男は営業の部長職で女は補佐役の四十五歳で独身のTさん。互いに腕を相手の肩と胴に巻きつけて、親しそうに夜の街を揺れながら、やがてタクシーに乗り込む——。

その年の忘年会で、しこたまに酔ったA君はTさんの耳元で囁いた。

「ぼく、Tさんが部長と一緒のところを、見ちゃったんだ」

Tさんの顔色が変わったのは当然だった。

「A君、一生のお願い、私たちのこと絶対にだれにも喋らないって約束して。そのかわり私でよければ、いつでもA君のいうことを聞くから……」

もちろん純情なA君にそれ以上の悪意などはない。こうしてA君は二十九歳で結婚するまで、Tさんと秘密の交際をつづけたという。
▼可愛がるはずするとこを見た御用
口止め料に坊やを可愛がっているのならまだ救いもあるというものだが、これが威(おど)されてとなると地獄であろう。

A君のほうはどうだったか。

「丸六年間、ぼくはソープの世話にもならずタダでさせてもらいました。結婚で別れるとき泣かれたのが辛かったですけどね」

〔越前(えちぜん)〕入聟だけでも肩身が狭いのに

▼越中(えっちゅう)がはずれ越前(えちぜん)顔を出し
越前とは包茎の愛称である。越前侯の行列のとき、先頭の槍(やり)持ちが持つ槍の先に必ず熊の皮が

かぶせてあったところから、越前家の皮かぶり槍といわれ、転じて皮をかぶっているペニスそのものを皮かぶりと呼ぶようになった。

越中はご承知のとおり細川家の越中ふんどしであり、つまりふんどしがはずれかかって包茎がとび出したのを、隣り合う国の名前でシャレたわけである。

最近、仕事の関係で下町の友人宅へ十日ほど泊めてもらったのだが、おかげで毎夕銭湯へ通い、びっくりすることがあった。大学生か、受験浪人か、水商売風の若い男など、いずれも二十歳前後の草食系男子で、十人中七、八人が真性・仮性とりまぜての包茎だったのである。

▼押さえたは越前なりと湯番いい

江戸時代から包茎は恥ずかしいという意識があったのか、手拭いで前を隠したと湯屋番は言うのだが、三百年後のおニイちゃんたちはまるで隠そうともしない。大型の青唐辛子をダラーンとぶらさげて入ってくるのだ。

この包茎は欧米人に多く日本人には少ないとされてきた。筆者の高校生のころでも半数以下だったろう。これは小学校の五、六年生になると近所の餓鬼大将がマスの掻き方を教えてくれたからで、それで一同きれいに剥(む)けたのだと思う。そんな餓鬼大将が今はいない。

アメリカのポルノフィルムなどを見ると、長さ二十センチ以上もあろうかという大物が、エレクトする前は仮性真性包茎状態というのが圧倒的に多い。ギリシャのアポロ像などほとんどが越前である。

包茎は外皮が亀頭部を覆っているため、亀頭が敏感になり皮膚も薄く早漏の原因になる。そのうえ、ペニスのくびれの溝に恥垢（ちこう）が溜まって、これが女性側に移ると子宮ガンの原因となるため、少しでも早く手術を受ける必要がある。

江戸時代にも包茎に悩んだ若者がいたのは当然で、技術の熟さない医師は困ったらしく、

▼越前だけはしにくいと外科は言い

今は午前中の手術で夕景には帰宅できるほど簡単に治る。

▼越前は一本も無い長局

大奥の御殿女中のところへ出入りしている小間物屋が、包茎の張形を持ってくるはずがない。

▼余計の苦労入聟の皮かぶり

聟に入ったというだけでも肩身が狭いのに、そのうえ越前とあっては……。

▼入聟の越前肩身なお狭い

というわけで気の毒にも、

▼越中の中で越前しなびて居（い）

町の自身番（じしんばん）（番所）に雇われて番小屋に住み、火の番や盗賊の番、その他の雑用に当たったたのが夜番の番太郎で、これがほとんど越前の出身だった。そこで、

▼番太郎剥（む）かれたやつは片輪者

越前の生まれだから包茎で当然なのに、中にはそうでない者がいた。こいつは不具者に違いな

いというひどいきめつけのシャレだ。

▼越中は足らず越前余りあり

越中ふんどしは尺が短いけれど、越前のほうは皮が長すぎて余ってるという、これもきついシャレである。

〔胴上げ・担ぐ〕悪習に泣いた娘たち

江戸時代の大店＝大商店＝では、毎年十二月十三日が煤掃きの日と定められていた。今でいう暮れの大掃除の日である。

この日は、一通り掃除が終わったあとで店の主人が、大勢の番頭、手代、出入りの職人たちの手で胴上げをされ、それで目出たく終了となり、あとは納めの宴会となるのだが、この胴上げの主役が店の主人から、いつの間にか下女が捕まって片っ端から胴上げされることになった。

▼十三日下女おいらいやおいらいや

いやだいやだといって下女は逃げ回る。なぜか？　当時はパンティーなんてものはないから下女の下着はふんどしと称した腰巻。これで天井へ向かって放り上げられるから、内股はあらわになる、その奥を見られては死ぬほどに恥ずかしいから、

▼荒ごみが取れると下女は逃げ仕度

大方の掃除がすむと逃げたり押入れへもぐったり、ときには、

▼雪隠（せっちん）を見やれ見やれと十三日
便所へ逃げ込むのがいたり、柱にしがみついて離れない力持ちの下女もいる。
▼十三日柱から下女引っ剥（ぱ）かし
さらにいやがる下女は、土下座して両の手を合わせ、
▼十三日すぼまって下女拝むなり
調子づいた男たちはそれでも許さない。
▼十三日それ首を持て足を持て
五体を担ぎ上げられてついに下女も観念するしかない。
▼十三日窓から下女が横に見え
そして、ちょっとでも隙があれば、
▼十三日下女内股を出して逃げ
庭へ移って追う男ども、逃げる下女、
▼十三日追いつ追われつくたびれる
部屋へ逃げ帰ってもすぐ捕まり、
▼天井へ下女のくっつく十三日
そしてとうとう奥の院を見られてしまったのだが、
▼かわらけだアハハアハハと十三日

恥ずかしいはずで、まだ生えそろわずに無毛症(かわらけ)同様で男たちは大笑いである。

▼十三日覚えていなはそれっきり

「覚えていなッ」と下女は怒って睨みつけたものの、これもお互いに暮れの遊びと腹でわかっていたから、

▼十三日腹を立ててもそれっきり

ところが、中にはとんでもないやつがいて、

▼十三日祝いがてらにくじるなり

同上げの最中に下女の大事な姫に触ったやつがいて、

▼股(また)へ手が入ったでもめる十三日

また一騒ぎのもととなる。

『担ぐ』は、縁起を担いだり、ジョークで相手を騙すのではなく、柳多留の世界では本当に男が女を担ぐ、それも複数の野郎たちが一人の女性を担ぐ集団暴行のことである。治安体制の脆弱な昔のこと、女性の一人歩きは非常に危険だった。

▼村の下女ある夜田圃(たんぼ)に担がれる

村娘や雇われ女が担がれるのは、田舎のこととて田圃に限られていた。それにもちゃんとした理由があってのことで、

▼担がれてからはお洒落(しゃれ)を下女はやめ

なまじ濃いめの化粧が田舎娘には不似合で、田吾作たちに狙われてしまった。

▼担がれた下女は空地で賤ヶ嶽

たとえ相模＝「下女」の項参照＝の女丈夫でも、七本槍で攻められてはたまらない。賤ヶ嶽で勇名を馳せた『七本槍』は加藤清正、福島正則、加藤嘉明、平野長泰、脇坂安治、糟屋武則、片桐且元の七人で、羽柴秀吉が柴田勝家を破った賤ヶ嶽のいくさ。

▼息も絶え絶えに残るは下女一人

まだ子どもだと思い油断、安心していると、

▼めめっ子とうっちゃっておき担がれる

災難はいつ降って湧くかわからない。

▼撥一本持って娘は担がれる

三味線の稽古帰りにこの始末である。

▼空店に担がれた下女十五なり

女の十五は当時としては一人前である。

▼担がれた下女はさせもが露だらけ

『契りおきしさせもが露を命にて哀れことしの秋もいぬめり』という百人一首、藤原基俊の歌の文句取り。

▼担いだは嘘手を引いて逃げたなり

集団暴行なんて嘘っ八で、まことは合意の駆落ちだったという。それが証拠に、
▼担がれる宵はしげしげ裏へ出る

〔伊勢詣り（いせまいり）〕 チン事件で長屋は大騒ぎ

大抵が未成年の男性で、家人に相談もせず主人家をこっそり抜け出して伊勢詣りに出発することを〝抜け参り〟といって、これが熱に浮かされたように大流行した。

一方、伊勢詣りに出かけた亭主の留守中、女房がよその男と浮気をすると、行為中の二人の躯が神罰に当たってくっついたまま離れなくなるという迷信が大勢の市民たちに信じられていた。つまり「抜け参り」と「抜けない躯」で、
▼抜けるにも抜けぬにも伊勢縁があり
という柳句が人気を取った。ところが、現実に「抜けない事件」が勃発したらどうなることか。

この〝抜去不能〟という現象は、行為の最中を不意に第三者に見られ、極度の驚愕的ショックによって発生する女性の局部的痙攣（けいれん）であり、医学的にもあり得ることとされ、俗信とだけでは片づけられないものがある。
▼参宮の留守間男へ人だかり
▼神変不思議もがけども抜けばこそ
もだえあえぐ二人を囲んで、たちまち集まる近所の弥次馬連。ここで、

▼亭主から許すと言わねば抜けぬなり

といっても、亭主ははるか伊勢である。てんやわんやの大騒ぎは、さてどのように落着したのであろうか？　柳句の方にはその説明はないが、ヒントは一つだけある。いわく、こうした場合は女の方に無理にでも焼酎のような強いアルコールを飲ませれば、やがて痙攣はおさまるというのである。

▼女房に注連を張りたい伊勢の留守

亭主が伊勢詣りの留守宅では、神棚に注連縄を張るのが習わしだった。しかし亭主の本音としては留守中の女房の身が心配で、注連縄にあらず〝締め縄〟として、女房の腰に張りたい心持ちであった。だから亭主は伊勢へ立つ前はくどいほど女房に言い聞かせた。

▼抜けぬぞと女房を威し伊勢へ立ち

だから神棚に注連縄の張ってある家は、亭主が伊勢詣りに行っていて留守だということを周囲へ知らせているようなものだ。

▼注連のある家へ間男ずっと入り

当然そうなる理屈で、さっそく、

▼注連縄を見い見い口説く不届きさ

そうなっても仕方がない。ところがここで一拍考える女房もいる。

▼伊勢の留守ひと思案していやと言う

亭主を裏切るのはいやだという貞操観念の発露から言ったのではなく、躯が離れなくなった二人を戸板に乗せて医者へ運び込んだ、という噂ばなしを思い出したからである。神罰の恐ろしさには浮気の女房も敵わない。

▼伊勢の留守初手一番のおっかなさ

最初に口説かれたときが一番怖い。しかしそんなおとなしい女房ばかりではないのが古川柳の世界だ。

▼女房も岩戸を開く伊勢の留守

▼伊勢の留守女房岩戸を開け放し

間男の胸に抱きすくめられれば、一瞬にして神罰のことは忘れてしまう。

▼伊勢の留守女房阿漕なことをする

阿漕は「阿漕ヶ浦」のことで三重県津市にある禁漁地の海浜。あつかましい、しつこいの意。古今六帖の『逢うことを阿漕の島に引く網のたび重ならば人も知りなむ』が出典である。

▼下女までが厳重にする伊勢の留守

解せないのは下女の振舞いで、いつもなら相手かまわずの不見転が、このときばかりは抜去不能の天罰が恐ろしいと見えて慎重そのものに変身し、

▼おかしさは下女も怖がる伊勢の留守

身持ちの堅い貞節な女房は、
▼参宮の留守は女神も御閉帳（ごへいちょう）
好色漢どもが入れかわり立ちかわり、
▼旅の留守一人寝るのは古風なり
と口説きに来ても御開帳はしない。逆にこんな不埒千万な女房もいたらしい。
▼旅の留守内儀いろいろ芸が増え

〔庄司甚右衛門（しょうじじんえもん）〕大遊廓の産みの親

江戸の北国（ほっこく）とも北廓（ほっかく）とも呼ばれ、遊女三千人の別世界を現出した吉原遊廓の創始者が庄司甚右衛門である。
▼花咲かせ爺（じじい）は庄司甚右衛門
▼開発は昔よしある甚右衛門
関ヶ原の合戦後、慶長八年に家康が征夷大将軍を任じられて江戸城を居城と定めると、徳川三百諸大名をはじめとして、諸国芸能人やその他のあらゆる職業人が栄達を目論（もくろん）で江戸へ参集したが、その中に傾城稼業の者が含まれていたのも当然であった。

甚右衛門は身分の低い侍の家に生まれた。仕えていた北条家が秀吉に亡ぼされ、甚右衛門は十五歳で江戸へ出て傾城屋に身を寄せ、九年後には江戸柳町に八人の遊女を置く傾城屋の主人になっていた。

江戸に蝟集した傾城屋は柳町を中心として遊女屋を開業し、柳町対岸の鎌倉河岸をはじめ麹町八丁目などでそれぞれに繁盛ぶりを見せた。その後も諸国から業者が続々と進出し、二代将軍秀忠に替わって千代田城の地域拡張が決まり、甚右衛門はこのとき馬場のご用地と交換で元誓願寺前に広大な土地を賜った。

ここで甚右衛門は営業権の確保を目指し、新旧の傾城屋を一か所に集中した大遊廓街の建設を幕府当局に願い出た。最初は却下されたが二度目の元和三年（一六一七）三月、傾城町免許が申し渡され、葺屋町の二町四方を賜った。時に四十二歳。当初の町名の葦原を縁起のよい吉原の字に改めた。京都の角町から移ってきた最後の業者の営業を甚右衛門が認め、こうして江戸一、江戸二、京一、京二、角の五町となり、五丁町の名は吉原を現す言葉となった。

▼五丁ある掃溜憂さの捨てどころ

▼これはこれはとばかり花の五丁町

そして一代の蜜柑王である紀ノ国屋文左衛門が来たときは、たった一人で吉原の大門を閉めるという未曽有の快挙をやってのけた。

▼大騒ぎ五丁に客が一人なり

吉原を一晩一人で買い切ったのだが、彼には江戸中のそば屋を買い切って、一人の親友にざるそばを一杯振舞ったという過去もあった。

▼もろこし二本で五丁を回るなり

素見(ひやかし)だけの客が唐もろこしを二本かじりながら、ぴたりと五丁町をひやかし終わったという。

▼土手ともに十三丁の名所なり

日本堤の土手八丁を足して十三町になるという洒落である。

第二章　女　篇

〔小町娘〕　天下の美女の欠点はただ一か所

小野小町は平安前期の歌人で、六歌仙の中でただ一人の女性という以外は伝記不詳、その生没年も明らかではない。が、在原業平と並称されて俗に〈小町女に業平男〉は日本の美男美女の代名詞であり、とりわけ小町は美人の代表ということに一応なっている。

しかし、古今集の序に「小野小町は衣通姫の流れをくむ佳き女なり」とあり、衣通姫は允恭天皇の妃でその容色の美しさは、文字通り〝衣を通し〟て輝きが表れ出でたといわれるほどの超別嬪、日本一の美女である。ゆえに小町は日本第二の美人だったのかもしれないが、いずれにせよ絶世の美女であったことに相違あるまい。

それほどの誉れ高い美女が、なぜ後世の江戸っ子川柳子に「やれ鎖陰（穴無し）」だの、「深草の少将を九十九夜目に凍死させた悪女」だのと叩かれ放題の目に遭い、末路は浮行女として東北地方に流れつき、乞食同然の身で老残の醜をさらすに到った（謡曲『卒塔婆小町』）、と貶される破目になったのか？

深草の少将が凍死して間もなく、大略次のような内容の小噺が江戸市中に出回った。

「――小野小町の美貌と歌は世に広く知られていた。一目でも会いたい、ひと言でも対話したいという男たちの恋文は山を成し、なかでも少将の情熱は凄じく、思い叶わぬときは死んでみせるといい切り、小町もついに〝百夜つづけて通っておいでなら、百夜目にはお好きになさって結構です〟と応えた。そして少将は車の腰掛にその日数を刻み、いよいよ明日が百日目という九十九夜の大雪の日、凍えきって息絶えた。〝少将様、ついに果てなされました〟と女中に告げられた小町、少しも慌てず〝通い帳から少将殿の名を消しや〟と申された――」

この小町の薄情さが江戸っ子をいたく怒らせたというのである。

▼穴の無いくせに小町は恋歌なり

いつどこからはやりだしたのか、小町は先天性膣閉鎖症だという噂が広まって、江戸っ子たちはこのときとばかり小町の悪口を川柳に託してうっぷん晴らしをしまくった。

▼三十一相そろったは小町なり

三十二相は美人が備えている条件だが、それが一つ欠けていたので、

▼あれでまた小町こいつがあろうなら

▼目に立たぬかたわは小野小町なり

と惜しまれたりなぶられたりしたあげく、

▼歌はよく詠んでも一つ申し分

▼歌で見りゃ決して穴があると見え

ついには結婚相手を探してくれと頼まれた出雲大社も頭を抱え、

▼小町には大社様でも首ひねり

そして深草の少将となると、川柳の方もいささかペーソスを滞びてくるのは、やはり川柳子が少将贔屓の故でもあろうか。

▼もう一夜来ると無いのを明かすとこ

▼もう一夜通うと穴をさがすとこ

▼開(あ)かずの門(と)へ少将は九十九夜

▼百夜目は何をかくそう穴が無し

自分が不具であることを承知のうえで、百夜通えなどとは酷い女だというので、

▼そのわけもいわれず百夜通えなり

小町は出羽の郡司・小野良実(よしざね)の娘なので、

▼父さまはよしざねだのに惜しいこと

父の名におさねを掛けたシャレ句である。

前述の『卒塔婆小町』にも「これは出羽の郡司小野良実が娘、小野小町のなれの果てに候なり」とあって、

▼させぬ恨みは恐ろしや乞食なり

この小町の鎖陰伝説は、現在でも和服の裁縫道具にその名を残している。ふつう町針(まちばり)といって

いるが、穴のあいてない留針のことで穴が無いから正しくは小町針、それが詰まってまちばりと呼ばれている。明治大正ごろの和裁塾で十五、六の少女が口ぐちに町針々々と言い合っている図は、語源を知らないからとはいえおかしなものだったと、法制史の瀧川政次郎博士が随筆に書いている。

また、脂で詰まった状態の煙管を〝通じない〟ところから小野小町といった。

▼灰吹へ小野小町を叩き込み

灰吹とは吸いがらを入れる竹の筒である。

少し前のこと。

「十年間で二人の鎖陰を手術した」

というその道の名医との噂が高い医師をインタビューしたことがある。

「十年で二人だから珍しい患者でしたが、恥ずかしかったのか礼状も電話もきませんでしたね。もっとも、穴が狭いなんて羨ましいくらいだわと宣うた女子高生もいましたがね」

いい時代になったのか、それとも――。

〔下女〕　昔むかし、相模女か房総か

〝相模女に播磨鍋〟、それに〝房総もやわか相模に劣るべき〟。相模は現在の神奈川県、播磨は兵庫県、房総は千葉県で、いずれも江戸時代中期以後の地名である。そのころ江戸へ女中奉公に

来たのは相模の女性が多く、その性はおおむね淫奔で好色、はねっ返り女の代名詞とされていた。これに播磨の尻軽と房総の在から来た女性が加わって、一部に好色女の代表のようにいわれ川柳子の材料にされたが、いずれも三百年以上も昔の話であることをお断りしておく。

なかでも、口の悪い江戸っ子の好餌にされたのが商店つとめの女中たちで、

▼好きな下女だれと決まった者はなし

▼くどかずと下女はずいぶん承知なり

▼下女が恋ふみもへったくれも要らず

これと決まった相手がいるわけでなし、わざわざくどかなくても必ず承知してくれるはずだし、恋文もへちまも不要だというのだからひどい話である。

▼手を取ると下女鼻息を荒らくする

問答無用でツーといえばカー。

▼好きな下女はなしはあとでしなと言い

昼間の出来事などはどうでもいいから早く早く。

▼相模下女いとし殿御が五六人

数多い番頭や手代の中でも本当に好きなのは五六人……ではなく、いつでも五人や六人の相手をしているという物凄さ。それでも相模の評判はさほどにわるくない。

▼させるほか相模わる気のない女

それもそのはずで、相模の城主は北条氏、
▼好きな下女もと北条の領地なり
と胸を張り、
▼正宗と同国で下女抜き身好き
相州鎌倉の刀匠正宗と同国というのも自慢のタネなのだ。

とはいうものの相模下女のすべてが色好みというわけでもない。嫌いな主人に対し両手で前を押さえ、
▼不承知な下女十本でおっぷさぎ
それでも強引に迫る主人に、
▼もぎ放しあれおかみさん旦那(だな)さんが
騒がれそうになって退散する始末。次の夜はもっと手きびしい対応策で、
▼転婆(てんば)下女寝床へ薪(まき)を一本(ぼ)持ち
夜中に這ってきたら脳天へ一発——これではそばへも近づけない。
やがて下女のほうも、いつまでも甘い顔ばかりしていない。
▼もう下女も巧者になって只させず
▼三回目あたりは下女も無心なり
こうなると男たちもおもしろくない。

▼ふてェ下女一番するとなんぞくれ
下女の悪口をいいつのり、ついには、
▼相模下女気が違ったかイヤといい
「あの好き女がいやだとよ、大地震でも来なけりゃいいがな」

そしてついに地震より怖い〝ご懐妊〟。
▼おりおりは人のないとき乳首を見
妊娠すると乳首が黒くなるというのでついチェック。
▼忙しい片手間に下女孕むなり
朝から夜おそくまで働いているのに、子どものできるようなことをいつやらかしたのか？　心当たりがあるだけに一同不安である。
▼下女が腹こころ当たりが二三人
旦那、番頭、手代といずれも心当たりあり。そしていつも気の弱い甘ちゃんが罪をかぶされることになる。
▼中で気の弱そうなのに下女かぶせ
男同士でも揉めて、回数の多いやつが責任を取れとか、利用度数の多いのが一番に逃亡を図ったりして、ついには公平にいこうとばかり、くじ引きとなる始末。
▼おかしさは孕んだ下女をくじにする

知らせを聞いた郷里の母親は、
▼孕んだを相模の母は四五度聞き
またかい、あの子は……と呆れ顔。そのうち実家のほうも策戦をねり、若旦那も相手の一人と分かっての入れ知恵は、
▼下女が宿若旦那だと言えという
▼旦那ならしめたと下女の宿は言い
あげくは皆が拒否権発動して宿側を怒らせ、
▼しないとはそりゃご卑怯と下女が宿
結論は手を出した相手他数となって、
▼お一人一両ずつと下女が宿
これにて一件落着である。最後に頼むのは中条（その項参照）という中絶専門の女医者で、
▼堕ろすこと茶漬けのように下女おぼえ
挙げ句の果ては、
▼むごいこと腹と布子と下女流し
中絶料をつくるために入質した着物を受け出すことができず、腹の子と着物を一緒に流すという哀れさである。

〔未亡人〕知らぬはあの世の亭主ばかり

クイズめいた柳句に、

▼貸家あり後ろの家の前のとこ

というのがある。後ろの家は詰めて後家、その後家さんの前のほうが今のところ貸家というから、つまり空家のことだ。女やもめは空家というが男やもめを空家とはいわない。女を空家というのは、男どもが思いつめて訪ねてくる愛の巣ということなのだろう。映画やテレビドラマの世界では、浮気や不倫がいぜんとして大流行だが、浮気の専売特許ともなれば第一の有資格者は未亡人、つまり後家さんであろう。

▼死にたいのにの字を抜いてほしい後家

夫に死別した当座は、その後を追って死にたいくらいに思いつめる日があったのに、時間という魔物が少しずつ「死にたい」のにの字を遠くへ押しやって「したい」思いに駆られるようになるのは人情というものか。

妻子持ちで、中堅商社の模範社員と周囲に認められている中年紳士がいる。その彼が親しい友人にこうもらしている。

「私は常に必ず一人の女性としかつき合わない。今の相手は四十二歳、子どもは大学生と高校生でもう手は掛からない。亡夫があるていどの財産を遺してくれたから小遣いはある。口は堅いし躯はこなれているし、まず申し分ない女性だ」

となれば、それは未亡人しかいない。

これが江戸時代にあっては『忠臣は二君に仕えず、貞婦は二夫に目見えず』という封建思想に縛られているから、まだ十分に色香の残る若後家といえども、自分の自由になる時間は持ちにくかった。

▼よく結えば悪くいわれる後家の髪

ちょっとでも若づくりの髪形にしただけで周囲の眼が白くなる。

▼後家の糸遠慮なさいと差配人

差配人は家持ち地主に代わって借家人の管理を任された大家さんのこと。後家が趣味の三味線を爪弾いても、近所の眼がうるさいから遠慮しなさいと注意されるほどなのである。

▼魂魄の退くまで後家はこらえかね

死者の魂魄は四十九日の間その家の屋根に止まっているという。しかし古来より「二十後家は立っても三十後家は立たぬ」という譬えもあって、脂の乗り切った三十前後の後家の独り寝はなかなか堪えられないものらしい。

▼月見れば千々に悲しき御後室

そして、

▼去るものは日々にと後家は盛んなり

▼味気ある世の中で後家おもしろし

▼この世よりあの世を棄てる憎いこと

知らぬはあの世の亭主ばかり、噫……。

〔新妻(にいづま)〕内助の功にもいろいろあって――。

現在、新婚旅行にのぞむ新妻のおよそ八〇パーセント以上が非処女だという調査があるそうだが、これが江戸時代の中・後期（一七〇〇～一八〇〇年）では、逆に八〇パーセント強が生娘だった……と推量されている。

そこで、祝言して間もない新婚夫婦を昔は新世帯(あらじょたい)といった。初夜からしばしの新婚当座は、だから川柳子の格好の餌にされたようで、そこに登場してくる新妻たちは、現代ギャルたちからみれば思わず吹き出してしまうほど、純で爽やかな女性たちばかりである。

まず、初夜のお嫁さんの心持ちは、

▼槍(やり)にでも突かれるような心持ち

一体どんなことになるのかしら？　槍に突かれるようだったらどんなに痛いだろう？

▼花嫁は腑分(ふわ)けをされる心持ち

腑分けとは、前野良沢や杉田玄白の『解体新書』で解説の中心となっている解剖のことである。

冗談ではなく相当の恐怖心を抱いたにちがいない。だから、

▼花嫁の膝のちからは五人力

そう花聟が感じたのも無理はない。

江戸時代の大きな商店（大店）は大勢の店員が住み込みで働いており、店の若旦那が晴れて新郎ともなると、

▼婚礼のあした息子は店で照れ

ゆうべはどうでした、などとひやかされて顔を赤くしてうつむきっ放し。一方お嫁さんの方となると、

▼あくる日は花嫁何も食わぬ顔

早くも女性上位は決定的である。

こうして一か月も過ぎるころになると、

▼手にさわる物を枕に新世帯

布団を敷いているひまもない慌しさで、

▼新世帯夜だ昼だの区別なし

となり、

▼新世帯ある夜隣りの壁が落ち

とおだやかではない。あまり熱心すぎて、

▼花嫁は昼居ねむってなぶられる

と睡魔に襲われることになるが、若い二人の情熱は休日ともなると一気に爆発、

▼その当座昼もたんすの鐶が鳴り

昼間から戸を締めきって始めると、その震動でたんすの把っ手である鐶がカタカタと鳴り出す。

これを壁に耳をつけて聞いていた隣人が、

▼定斎が来たかと思う新世帯

朱塗りの薬だんすを担いで鐶をカタカタ鳴らしながら街中を売り歩く定斎屋という薬売りと間違えた、などと冷やかされ、嫁さんが一計を案じてたんすの鐶に紙を巻きつけ、うるさいカタカタ音を止めてしまった。

▼嫁の知恵たんすの鐶に紙を巻き

早くも内助の功?

▼寝返りをそっとしてみる新枕

心地よい疲れで寝入っている花聟の目を醒まさせまいと、寝返りをするのも遠慮がちな新妻のやさしい心持ち。そして翌朝、

▼雪の肌顔に日の出の新枕

雪のように白い新妻の肌に朝日が輝いて、その美しさは何にも譬えようがない。

〔夜の女〕夜鷹・飯盛・船饅頭

その行動形態が夜行性の鷹に似ているところから夜鷹の名がついた、とされているが諸説あって確かなことは判らない。材木置場などの暗がりに潜んで通行人の袖を引く。頭に白手拭いをかぶった女でほとんどは四十歳以上、白い厚塗り化粧で老いを隠していた。

▼材木に巣をかけて待つ女郎蜘蛛

当時、一両は銭四貫文、一貫文は千文だから一両で四千文となり、一杯十六文の夜泣きそばを一両で二百五十杯食えたことになる。つまり一文が当今の二十円で、一両→四千文→八万円。十六文のそばが三百二十円、これは今の立食いそばの値段とほぼ同額だ。

▼客二つつぶしてそばを三つ食い

そば三つで四十八文、これが客二人分で支払えたから夜鷹の一回分は二十四文ということになる。何とも安いものである。

江戸期から本所吉田町は夜鷹の名所とされており、武家屋敷が多かった。そこで夜鷹は、

▼どうしても武家が多いと夜鷹言い

▼わっちらも武士づき合いと夜鷹言い

と胸を張ったが、武家といってもほとんどは武家屋敷の折助、中間が上客なのである。

だから、むしろの上の奮闘は、

▼尻中を二十四文で蚊に食われ
ということになる。折助のほうも図々しく一回の料金で二度乗ろうと計ると、
▼もうええにしなとは夜鷹むごいやつ
▼二つ玉こめて夜鷹ににじられる
「いいかげんにしないかい、連発を狙いやがって」

と凄まれてしまう。

女の名前を訊くと「お花」とか「お千代」などと答えるが、これは、
▼鷹の名にお花お千代はきついこと
お鼻が落ちよ、なんて縁起でもないが、しかし相手は相当な病菌の所有者という不安もあるから、きつい洒落（しゃれ）といってすましてもいられない。

この夜鷹にも「竿納め」と称する年末の慣習があって、
▼大晦日負（お）ぶって帰る吉田町
今夜はかきいれとばかり腰の抜けるほど稼ぎまくって、ついには同僚に背負われて帰る始末である。

当初、宿屋で女中勤めをして飯を盛って給仕する女を飯盛（めしもり）といったが、これがいつか夜のお相手をする女たちの呼称になってしまった。飯を盛るのだから、
▼飯盛の顔はおおかた杓子（しゃくし）なり

さほどみめ美わしい女はいなかったようだが、旅の恥は何とやらで結構それなりに繁盛したらしい。

▼飯盛はひもじいやつが買いたがり

餓えているのは腹具合のほうではなく別の小倅が餓えている。

▼留女(とめおんな)おとりのように出しておき

留女というのは客引きに出しておく器量がまずまずの女のことで、

▼宿引きは十六七があると言い

若いのがいると嘘も方便。

▼初旅へ晩はこれじゃと二本出し

指二本は二百文のこと、当時の飯盛の相場は二百文で、畳の上で屋根の下だから夜鷹などと一緒にはできない上物で、当今の四千円。

▼這ってきた女に二百くれて立ち

本来なら夜這いは男の仕事だが、飯盛女は自分のほうから這って来て、集金していく。ところがこれも油断禁物で、

▼飯盛がとぼけて二百棒に振り

二百文先払いしておいたのに女はとうとう朝になっても姿を見せないという始末。

もう一つ、夜鷹の二百四十円といい勝負なのが、三十二文（六百四十円）の船饅頭だ。隅田川

の細流などに船を浮かべて客を取った別名〝お千代舟〟。橋の下に店を出し、客を乗せると中洲を一周し一丁上がりだが、中には馴染みの中間（ちゅうげん）などに沖合いまで時間超過のサービスもあった。

▼お千代舟沖まで漕ぐは馴染みだけ

このお千代には梅毒の意もあって、女たちは仕事の合間には特効薬の漢方薬を用いていたというから恐ろしい。

▼山帰来（さんきらい）など温（あた）ためるお千代舟

〔月見（つきみ）〕 風流につき柳句界でも大もて

川柳に出てくる赤・朱・紅葉・緋羅紗・金魚などはすべて生理のことで、中でもきれいな表現は月、月見である。他に馬・午・花・お客などともいった。

▼すすきより月見の早いおちゃっぴい

これは発毛より初潮のほうが早い元気な娘を詠んだもの。これがふつうらしいが、

▼池の端花咲くころに草も生え

▼月を見る頃にはすすき土手に生え

などの句があるところを見ると、おおむね同じ頃のようである。

▼初午（はつうま）を喜び母は赤の飯

▼初めてのお客に赤の飯を炊き

わが子の初潮に赤飯で祝う母親の心。
▼初午に煙草をつけて大騒ぎ
血止めには煙草の刻み滓が妙薬という。だからといって煙草の粉をこするなどは乱暴な。
▼夫婦して困るお客の長っ尻
いつまでも帰ろうとしない来客に夫婦のほうが困ってる、という句意ではない。
▼女客毎月七日逗留し
毎月必ず七日間ほど滞在していく女房専門のお客のことである。
▼うろたえるはず湯上がりに嫁お客
風呂から出てまだ体を拭いているところへ突然お客が顔を出したからさァ大変、あわてて便所へ逃げ込んだ、と解釈するようでは読みが浅すぎる。店員が二十人近くいる大商店でも、昔は風呂のある家は珍しく、武家は別として一般人の入浴はすべて銭湯、湯屋であった。

姑たちと近所の湯屋へ行き、ひと風呂浴びて板の間で体を拭いているとき、いつもより早い月のもの、つまりお客さんである。姑のほかに近所の顔見知りも回りにいる、これはバツがわるいから大いにうろたえてしまったという同情すべき一句で、かように含蓄のあるところが川柳の愉しさでもあろう。
▼月の夜は釜を抜く気になる亭主
いろはカルタに「月夜に釜を抜く」というのがあるが、この亭主よほど忍耐力がないのか「前

が駄目なら後ろ（菊座）を貸せ」と女房に迫り、

▼芳町へ行きなと女房貸さぬなり

芳町はゲイ（男娼）の専門街で、

▼女でも男でもよし町といい

今は若い男の赤いセーター姿も珍しくないが、昔の若ざむらいは、

▼柄袋（つかぶくろ）緋羅紗でも差す若いうち

柄袋は刀にかぶせた袋で、緋羅紗（お客）の日でも「差す」という地口である。

午と同じ読みの馬も川柳では常連で、これを読んだ句は柳多留にも多い。

▼雪隠（せっちん）で手綱さばきをする女

お客が来たのを〝馬に乗る〟と称し、その処理を〝手綱さばき〟と洒落（しゃれ）たのはうまい。

▼初馬という新馬（あらうま）に娘乗り

▼乗初（のりぞ）めに駒の手綱を母伝授

ここは母親の出番である。それでも、

▼素人の馬羊（ひつじ）ほど紙を食い

▼奥様のお馬も羊ほど食らい

母親やベテランの玄人は手ぎわがいいが、素人は不馴れだからやたらに紙を浪費する。

▼堅い後家立派に馬を乗り回し

身持ちのよい後家さんは悪評の立つような馬の扱いをしない。
来客中の女房は不浄の身とあって月見団子を作ることができない。
▼お月見を亭主に十五丸めさせ
そこで亭主に臼を引かせ、十五夜団子を作らせるが、お月見には〝十五夜〟と〝来客〟の二つが掛かっている。
▼片見月しないものだと下女へ這い
廓(くるわ)では片見月をタブーとし、八月十五夜に来た客は九月十三日にも顔を出さないと、これを片見月といって客の恥とされていた。遊客に散財させるため廓が勝手につくったルールだが、これを理屈にこじつけて、八月十五夜に夜這いした以上は九月十三夜にも這わなければ申しわけなかろうという身勝手さ。
▼陣中で巴(ともえ)は馬に二つ乗り
馬上で采配する女傑の巴御前といえども、月に一度は別の馬に乗らなければならない。〆て乗る馬は月に二つという次第である。
▼殿様も下女もお馬は鳥居ぎり
神社や城門には下馬と書いた立札（下場札(げばふだ)）が立っており、殿様もここで下りる。来客中の女性も不浄の身であるからこれより先は遠慮する。従って、
▼初午の娘稲荷へ詣られず

ということになる。

〔妾(めかけ)〕あちらで三両こちらで五両

江戸時代、妾を置くことは公然と認められていた。地域社会にあってあるていどの身分や財力のある者が、その資産に応じて妾を持つことは、法的にも人道的にも非難されることではなかった。

儒教の道徳思想は祖先追悼のために妾の存在を認め、これに逆らう妻の嫉妬は罪悪とされた。貝原益軒が発表した〝七去三従〟の中に〝妻の嫉妬〟が離婚の理由になるとあるのも、妾を嫉妬した妻が離縁されて一言の苦情もいえないルールだったからである。

武家社会でも参覲交代で、関東の大名は半年を国許(くにもと)、半年を江戸で生活し、地方の大名は一年置きでそれを実行しなければならなかった。半年から一年もの間、女無しで暮らせるわけがなく、妾を置くことは必要欠くべからざることであった。

妾の存在が世間で非難されるようになったのは明治中期以後のことで、それ以前は妾を権妻(ごんさい)と称し、二親等の扱いであった。泰平の世に悪狎(わるな)れした武士階級は、大名が持つなら家老も持つ、ならば旗本、御家人もと下が真似をして妾を置き、それも出来ない微禄な家臣の前には「給金さえくれれば月ぎめで妾になろう」という駐車料金のようなものまで現れた。

その給金は平均で一か月五両がめどであった。五両といえば大金で、明治三年の大政大臣(だじょう)・三(さん)

条実美（じょうさねとみ）の月給は二百両、三等巡査（平巡査（ひら））が月に五両である。（江戸中～後期で四十万円、明治三年で二十万円ぐらい）。

▼売ろうよりましと娘にワキをさせ

能楽で主役（本妻）がシテ、相手役がワキ。女郎に売るよりはましだという。

▼お妾の願い昼いうものでなし

▼横にさえなると妾は知恵が出る

妾のおねだりは夜専門で

▼足を縄に綯（な）ってねだりごとをいい

足をからませ、ぎゅっと締めてから「ねえ、お願い」とくる。

▼お妾は臍（へそ）を去ること一二寸

▼極上は臍を去ること遠からず

古来より名器は臍近きにありといわれた。その位置で妾の値打ちも決まったようである。

やがて給金も月ぎめではなく半年分、一年分を前払いで受け取るのがはやりだし、ついにはこの契約金を踏み倒す連中が現れた。わざと主人の機嫌を損ねて追い出される方法で、その悪辣な手口とは、故意に妾にさせる寝小便である。

▼かねてたくみしことなれば垂れるなり

まず、かねての計画どおり実行する。

▼お妾はまず火いじりを断られ
火いたずらをすると寝小便をするという俗信があり、火を遠ざけられる。
▼消渇（しょうかち）の気味かと主人（あるじ）初手は訊（き）き
江戸時代、消渇は淋病のことをいったが、噺家の十代目・三升家（みますや）小勝（こかつ）は、

「私の名前をしょうかち、い、い、と読んだ書生がいる。あれ以来小便の出が悪くなっちゃった」

と笑わせていたが、明治に入ってからは喉がかわいて尿の通じない病気、糖尿病のことをいったらしい。
▼お妾は小便無用じろり見る
赤い鳥居の隣りに「このところ小便無用」の張り札。小便で稼いでいるという後ろめたさから、小便の二字がどうにも気になってならない。
▼お妾はおかわの蓋（ふた）を取って垂れ
おかわの蓋とは便器の蓋のことで、小判の形に似ているところからお金の意味だ。
▼ここで三両かしこで五両とって垂れ
あちらで三合こちらで五合、なら丸橋忠弥だが、このとんでもない女も、最後はあるじの逆鱗に触れ、
▼布団まで背負（しょわ）せて出せとご立腹

〔長局〕柳句女護ヶ島へ侵入す

江戸城大奥に勤める御殿女中のいるところを長局といったが、この長局がいつのまにか御殿女中そのものをいうようになった。

男子禁制の女護ヶ島でその数およそ千人とくれば、まさしく江戸城のハーレムであり、川柳子が無視するはずもない。

たとえば――お城の修理などで大工や屋根屋が呼ばれ、仕事をすませて帰ってくると仲間が待ち受けていてひとさわぎになる。

▼長局気弱な大工間に合わず

「どうだったい、大奥ってェところは？」

「どうもこうもおめェ、右も左も女ばかりで目のやりばがなくて参ったぜ。おれが屋根の上で仕事をしていたら、下のほうで女たちがガヤガヤ騒いでるんだ。一体なにがあったんだろうと思って覗いてみたら……」

▼屋根ふきの出したで騒ぐ長局

職人の大事な一物がゆるんだふんどしからはみだして、これを見た女たちが大騒ぎ。ところがどこにもオッチョコチョイがいるもので、

▼屋根ふきのいたずら者がぶらと出し

こやつはわざと出したものを見せびらかせてヤンヤの喝采である。

しかし、いかに禁欲を強制されていた大奥の女たちでも、生身の体で本能を完全に抑えることはできない。仲間同志で意見がまとまったのか、外部から情報が届いたのか、小間物屋＝「玩具」の項参照＝という剽軽者（ひょうきんもの）が持ち込んだ道具が大奥の人気を集めることとなった。それが水牛の角で造った張形である。

▼長局おとこの切れっぱしを持ち

張形の最上等はベッコウ製で

▼長局工面（くめん）のいいのは亀にのり

だが、ふつうは水牛製で、

▼どこの牛の骨かお局秘蔵がり

馬の骨を牛の骨とはうまく詠んだもの。

▼牛若と名づけて局秘蔵する

▼亀蔵よ牛蔵よと呼ぶ長局

張形に愛称をつけるとは恐れ入ったものだが、水牛製で牛蔵、亀蔵は当時の人気役者である市川亀蔵からとったもの。

張形の中には千鳥形といって、二人の女性が上下になって用いる相互型があり、

▼長局まず重役が下になり

まずは上司が優先で、同輩同志なら、
▼長局くじに勝ったが下になり
張形は、温水かぬく灰を利用するのがふつうで
▼長局牛の湯漬けを食って寝る
これで安眠できるが、場合によっては、
▼急なときゃ冷やで用いる長局
というせっかちな局もいないではない。

そこで局一同の本心は、
▼本物はどうであろうと長局
となると、少々気の毒にもなるではないか。

中にはこんな哀話もある。

御殿へ奉公に出ていた娘が病死した。娘の形見の品が届いたので、母親は涙にくれながら遺品を整理していると、大事そうに包装してある桐の箱が出てきた。

あけてみると、これが牛角製の上等な張形で、思わず涙を流した母親、「かわいそうにねえ、早く宿さがりさせて結婚させてやればよかった。こんな牛の角で我慢していたなんて……」。
▼張形が出て母親をまた泣かせ

〔蚊帳（かや）〕蚊帳の広さに泣いた千代女

▼炎天に火を吹きそうな鬼瓦（おにがわら）

俳諧の道でにわかに人気が高まってきた加賀の千代女。その名前と作風から清楚な美女を想像する人が多かったが、ある日の会合で初めて千代女を見た男の俳人が、その短躯肥満ぶりに驚いて詠んだのが冒頭の句である。

周りの仲間たちが無遠慮に笑い合ったところで千代女が、

▼ひと抱えあれど柳は柳かな

と詠み返すと一同水を打ったように静まり返ったという。見事な一本勝ちである。

幼児のころから異才を発揮し、六歳のとき、

▼初雁（はつかり）や並べて聞くは惜しいこと

と詠んで父や寺の住職を驚かせたという。

十八歳で加賀藩の足軽・福田弥八と結婚したが、婚礼を目前にひかえた処女の大きく揺れる不安と期待を詠んだ、

▼渋かろか知らねど柿の初ちぎり

が有名である。

ある日の句会で「○と△と□を詠み込め」という席題が出たが、難しくてだれもできない。そ

こで千代が詠んだのが、
▼蚊帳のすみ一つはずして月見かな
蚊帳が□、吊り輪を一つはずせば△の形、月が○というわけでヤンヤの喝采を浴びたという。

しかし、千代がその後も川柳子の嫌がらせを受けたのは、夫の死後に詠んだ、
▼起きて見つ寝て見つ蚊帳の広さかな
という秀句のためである。二人で寝ていた蚊帳の中が一人分の布団になって、亡き夫を思う念が折りにつけてこみあげてくるという女の哀しみを、
▼お千代さん蚊帳が広くば泊まろうか
▼千代が蚊帳羨ましがる子だくさん
と茶化す始末だ。蚊帳が狭いとどうしても子だくさんになるという不思議。そこで千代女の広い蚊帳が羨ましいという理屈だ。
▼紗の蚊帳は三人と寝るものでなし
粋で色っぽい紗は二人用に限る。これが下女用にあてがわれる紙製の紙帳（しちょう）では時と場合でエライことになる。
▼紙帳では自業自得の屁の臭（にお）い
紙で風通しが悪いから、いやその臭（くさ）いことといったら。
▼蚊を焼く紙燭（ししょく）吹き消してまァ待ちな

紙をひねって火を点けて、蚊帳の中の蚊を女房が焼き殺しているのに、亭主の方はもう待ち切れないで後ろから手を伸ばす。「まァ待ちなってばッ」。

▼雷も及ばぬ蚊帳の臍と臍

雷が手を伸ばしても蚊帳の中の二人がぴたりと抱き合って、二つの臍がくっついているから取りようがない。雷公、お手上げ。

▼蚊帳に逃げ込んで取られた臍の下

雷が怖くて蚊帳の中へ逃げ込んだら、雷公より怖い男（若旦那か？）に臍の下を取られてしまった。

▼天の網間男蚊帳でとつかまり

漢詩にいわく「天網恢々疎にして漏らさず」、間男は蚊帳という天の網にからめとられてギブアップ。

▼二人寝の蚊帳広くなり熱くなり

廓へ遊びに出かけて久しぶりに大もて。一晩中すがりつかれて蚊帳の中で七転八倒の大奮闘。

▼下女に這い九月の紙帳に雁さわぎ

ふつうの蚊帳は裾の方に雁の絵が描いてあるが、下女用の紙帳には絵は無い。なのにガサガサと騒がしいのは、亭主という名の雁が渡り鳥の季節にやって来たのか？

▼九月蚊帳女房錨を描いて付け

秋ともなればもう蚊帳は要らなくなるが、生活費に替えるために質屋へ預けることになる。そこで女房、質流れしないように蚊帳の裾へ錨の絵を描いてから入質する念の入れようである。

〔姑(しゅうとめ)〕おんなのたたかい今むかし

「一つの台所に二人の女は立てない」

とは、嫁と姑の不仲をいった格言である。

今とちがって江戸時代は、原則として家族のなかに舅姑(きゅうこ)の存在があった。とりわけ川柳の世界では嫁と姑という二人の女の因縁を無視することはできない。

そして基本的には、嫁をいびる姑の料簡がその底流にある。

▼姑(しゅうとめ)は短(みじ)っかい眼で嫁を見る

長い眼で見てくれればいいものを、とかく性急に嫁の欠点(あら)さがしに励む。

▼姑の日向(ひなた)ぼっこは内を向き

縁側にすわって庭の景を眺めながら日向ぼっこをしていればいいのに、眼は家の中の嫁を監視している。

こんな日がつづいたある日、珍しいことに姑が親戚の家へ泊まりこみで出かけた。

▼遠慮なく姑の留守に嫁は泣き

チャンス到来。めったにないことゆえ、妻は夫に日ごろのうっぷんのありったけをぶちまけ、

泣きに泣いた――というだけでは読みが足りない。久しぶりに姑のいない夜を迎えたのだ。いつも、

▼するたびに小便に立ついやな姑(はは)

覗き見されているようで、落ちついて夫との夜をゆっくり味わったことがない。その姑が留守とあって嫁は夫に甘えに甘え、励みに励んで何度も随喜の涙を流すことができたのである。

そしてもう一つの留守は彼岸(ひがん)の中日(ちゅうにち)、姑は一人で墓参りに出かけた。「おい、いまのうちだよ、早く布団を敷きな」「あら、こんな昼間っから？」「愚図々々しているとおふくろが帰って来ちまうよ」

▼中日に初めて嫁は昼間され

あれは夜だけのものではなく、昼にしてもいいのだということを嫁は初めて知ったわけである。

▼いじられて嫁泣きようが二通り

いじられるは、いじめられること。昼は姑にいじめられて泣き、夜は夫にやさしくいじめられてうれし泣き。しかし油断は大敵で、姑にとっては息子と仲睦じいのは結構なのだが、それが姑には嫉けて面白くない。

▼うすうすは嫁の夜泣きも知っている

だから追い討ちの一句にもいやみがこめられて、

▼もっと寝てござれに嫁は消えたがり

「そんなに早起きしなくてもいいんだよ」
▼順をよく死ぬが姑無念なり
順でいけば嫁より自分の方が先に死ななければならない、それだけが無念だというのだから凄い。さらに姑の本心をついた柳句に、
▼ねがわくば嫁の死に水とる気なり
こうなると執念を超えて怨念というべきだろうか。
しかし、お嫁さんにもやがて幸せな日がやってくる。
▼幸せな嫁梅干を桶(おけ)につめ
平和な日々、円満な家庭に恵まれて働き者の嫁がせっせと梅を漬けている……と安直に解釈したのでは大違い。憎らしい姑がようやく死んで、うれしさをじっと胸の奥で噛みしめながら、嫁が梅干し婆さんの遺体を棺桶につめている……という強烈なリベンジ句なのである。

〔婚礼(こんれい)〕　花嫁の裸は恥にはならぬ

▼婚礼は親も娘も痛いこと
娘の結婚式は、せめて人並み以上の立派な式にしてやりたいという親の見栄で、かなりの出費があるからふところが痛む。娘は処女の身を今夜新郎に捧げるので、こちらは体の大切な一部が痛い。

というのは、あくまで昔のはなし。現在の日本では九〇パーセント近くが〝痛くない花嫁〟たちであり、もし痛がったとしたら演技と思うべきだろう。むしろ痛がるのは童貞で包茎の男のほうである。

「母親がそばにいてくれなければ何もできないというので、新郎の母親が新婚旅行に同伴するケースが増えているんですよ」

とは、旅行社の社員に聞いたホントの話である。

ところで――江戸時代の川柳には〝はだか嫁〟という言葉が多く出てくる。これは全裸の花嫁ではなく、持参金も花嫁道具も持たない裸一貫の花嫁のことで、要するに貧しい家に生まれた天性の美女である。

▼真っ裸顔の道具はよくそろい

▼花嫁のはだかは恥にならぬなり

はだか嫁のもらい手は、いうまでもなく金持ちの息子だ。

▼いい暮らし裸で嫁が天下り

▼金持ちへ裸参りの美しさ

かぼちゃ野郎でも金さえあれば美人を嫁にすることができた。

▼瓜実（うりざね）は南瓜（かぼちゃ）のとこへ裸で来

この反対に高額の持参金つきの花嫁は、醜女（しこめ）か疵物（きずもの）ときまっていた。

▼持参金鼻はあれども筋は無し

下世話に〝鼻筋通って――〟というが、鼻はあるけれど筋が無い、という団子鼻。

▼ぼた餅へ熨斗（のし）の替わりに金（かね）をつけ

ぼた餅はあばた面のこと。もっとひどいのは、金はないけれど親からもらった名器という武器があって、何人もの男からもお墨付きをもらっている、とうそぶく娘。

▼割れ物が嫁入り一の道具なり

娘の生まれつき身についたものが最上の道具と知った親たちは、

▼綿に包んで割れ物を片づける

綿は綿帽子の、片づけるは嫁（かた）づけるのそれぞれキカセで、

▼丸綿をかぶせながらも言い含め

いよいよ式に臨む際はくどいほどその手口をいいきかせる。

▼恥ずかしく古鉢包む綿帽子

包む親のほうにも気の咎めるところがあって恥ずかしいが、包まれる娘の鉢はとっくに割れている。

当今では大はやりの婚前交渉は、江戸の昔でも珍しくなかったと見え、

「あんたのところ、子どもができるの少し早すぎるんじゃないの？」

と女友だちにやんわり責められ、なんとか挙式の日時をごまかして言い逃れるが、なおもしつ

こく追究されると少々頭へ血がのぼり、

「あたし、式を挙げる三か月ぐらい前からここの家へ入ってたのよ。だからちゃんと計算も合うでしょ」と居直る始末である。

▼お土産（みやげ）を持ってくるから持ってくる

腹の中にはすでに他人の子の種が宿っている。大変なお土産を持ってくるから、莫大な持参金付きというわけである。

これが美人となるともっと恐ろしい。

▼怖いこと美女で一箱持参なり

ところが世の中には物に動じない男もいるもので、

▼笑わば笑え長持（ながもち）を十五棹（さお）

他人の種であろうと、長持十五棹ぶんの持参金には替えられない、というのだから驚異的な達観ぶりである。

〔妊娠（にんしん）〕　昔もあった〝出来ちゃった婚〟

子どもを産みたいと思っている夫婦にはなかなか恵まれず、欲しくないと思っている夫婦にすぐできてしまうという、まことに妊娠とは思うに任せないもので、このことはいつの世も変わらない。

▼俯いて脈を見せるが止まったの
おそるおそる腕を差し出して脈はとらせたものの、生理が止まったとはとても恥ずかしくて言えない、初々しい若妻。

▼婚礼の月からという恥ずかしさ
嫁入りしてすぐ月のものが見られなくなったなんて、何かたしなみのない不見転のようで恥ずかしい。

なかには、

▼来た月を入れてはつはつくらいなり
などと一向に恥じらいのないのもいる。はつはつとは、ぎりぎりいっぱいという意。
これとても、

▼恥ずかしさ婚礼前の仕込みなり
よりはずっとましである。平成の現世では〝出来ちゃった婚〟が当たりまえのようになっているけれど――。

▼孕まない仕方があると口説くなり
はじめはうまいことを言って口説いておいて、これがいざ妊娠となると、

▼仕はしたがおら孕ませはせぬと言い
卑怯未練ないいのがれだ。

商売女が妊娠すると一番の相手(カモ)を探し出し、これにその責を押しつけて、
▼主(ぬし)の子でありんすが産ませなんすかえ
と威しにかかる。
尻の軽い下女は相手が多すぎて判らず、男どももこれさいわいとばかり、
▼孕んだと聞いて一人逃げ二人逃げ
その結果は悲惨なもので、
▼気の利かぬ下女は無縁の子を孕み
ということになる。
▼触(さわ)りゃ産み触らにゃ祟(たた)る山の神
子どもが出来ても出来なくても、山の神というのは祟るもの。
▼行かぬかと思えば下女を孕ませる
このごろ亭主が夜遊びに行かなくなったと安心していると、もうこれである。
▼姑女(しゅうとめ)はまず孕んだが気に食わず
嫁がくれば妊娠するのは当然で、一人息子を嫁に取られて被害妄想の態。
▼後ろから女房を口説く月近さ
臨月の女房を口説くとは忍耐力の無い亭主。女房も困って、
▼後ろからしなとはよほど月近し

そして長子出産に及び、
▼産むときはもうこれぎりと思えども
ほどなく年子をご懐妊……。

〔乳母〕おんば・うば　良くいわれない損な役

幼児の頭上に陽(ひ)が射したりすると、さっと日傘を差しかけてやる過保護加減の乳母さんを、江戸時代の中流以上の家庭ではある種の見栄として雇っていた。「おんば日傘の育ち」といういい回しは今も残っている。

これが柳句の世界になると、乳母さんを揶揄したり上から目線で見たものが多いのは、さてどうしたわけであろうか。

▼広いこと知りつつ乳母を口説くなり
乳母は広陰の所有者ということになっており、
▼墨壷を見せて乳母どのこんなだか
墨壷とは木材に線を引くときに用いる大工道具の一つである。
▼篠をつくように乳母は小便し
その音は篠つく雨のようだという。しゃがみこんだ姿を正面から見た犬が、
▼乳母垂れる向こうで黒が吠えている

熊が現れたものと思い、びっくりして吠え立てたという。

▼乳母が前もくぞうがにの如くなり

もくぞう蟹というのは毛むくじゃらの蟹。口の悪い若い衆に言わせれば、

▼無理もねェ乳母のは栗のいがのよう

というのだから凄い。

▼乳母が宿訊(き)けば下谷の広小路

下谷の広小路は、下の方が広いという洒落(しゃれ)である。

▼こんこんを被って乳母はやっつける

狐のお面を被って幼児をあやしながら、好きな男に抱かれている厚顔の乳母。

▼子心に乳母が負けたと思って居

下に組み敷かれている乳母を、子どもは乳母が喧嘩で負けたものと思っている。

▼乳母の恋氷砂糖のとけぬうち

幼児に氷砂糖をしゃぶらせ、夢中で舐めている間に濡れごとをすませようとする乳母。

▼するうちに菖蒲(しょうぶ)刀で二度斬られ

五月の節句のとき、乳母はお励みの最中に菖蒲刀で子どもに二度も斬られたが、まだやめようとしない。この図々しさが川柳子に憎まれたのかもしれない。

▼倹約で乳母と妾と二役し

お抱えの主人が吝嗇のため、乳母は昼夜二役のお勤め。そしていつの間にか、
▼ずるずると継母になる乳母がいる
これもハッピーエンドというべきか？

〔箱入娘〕（はこいりむすめ）箱の中を狙うのは誰？

▼割れそうになるとお袋箱へ入れ
割れるというのは破瓜期（はかき）のことで、瓜の古字を二つに割ると八の字が二つできることから十六歳、つまり思春期の意である。昔の上流家庭では大切な娘を雨風にあてず深窓に育て、外部との接触を遮断した。
▼十六の春から稗（ひえ）を蒔（ま）いたよう
これは発毛のことで、母親はこのころから娘に虫がつかないように箱に入れ、箱入り娘を作る。ところが、
▼割れたのを知らずお袋あぶながり
という一方通行だってある。
▼箱入りとなって蛙（かえる）に遠ざかり
花火遊びや夕涼みにも出してくれない厳しさで、それまでは近所の友だちと夕食後に河原を散歩して、蛙の鳴き声を聞くこともできたのに、箱入り娘にさせられると夜の外出は禁止となる。

ところが、こうして外の虫との接触を禁じると、今度は内の虫が娘を狙うことになる。まるで世間の風に当てないから、当然のように店の番頭や手代と話したりする機会が多くなる。とりわけ手代というのは小僧と番頭の真ん中に位置して、年齢的にも遊び盛りの最も危険な連中で、おかしな仲になりやすく、母親にとっては一番の頭痛の種だが、

▼嫁入りの一の道具を手代割り

割られた娘の方も、安直に母親へ報告することは出来かねて、

▼白状を娘は乳母にしてもらい

こうなってはもはや後の祭りだが、これが三十歳前後の将来有望な番頭となると様子がちがってくる。

▼白ねずみ箱へかかるも父母承知

白ねずみというのは、店に古くからいる働き者の番頭のことで、何ごとも主人にチューチュー（忠々）というので、泣き声から白ねずみといわれている。この番頭が箱の中の娘にちょっかいを出しているようだが、この人間なら娘と一緒にして将来店を継がせれば安泰だからというわけで、両親は見ても見ないふりをしている。

▼箱入りをかじるは内の白ねずみ

ところが、こういう有望な人間に限って野暮な堅物が多いもので、

▼白ねずみかじるもひくも嫌いなり

小唄をかじることもしなければ、三味線を弾こうなどの気も無いという人物。そうこうしているうちに、

▼箱入りを隣りの息子封を切り

まんまと隣家のプレイボーイにやられちまうとは、まさに親の不注意というしかない。

第三章　風俗篇（上）

〔夜這い（よば）〕　大店に展開する主従混戦模様

神さまが夜な夜な女性の寝所へ夜這いに出かけたという伝説は、日本中の地域に流布しており、それは、日本での夜這いの風習がきわめて一般的であったことを物語っている。

とりわけ昭和の初めごろまでの鹿児島県にその例が多く、志布志（しぶし）神社の男神が枇榔（びろう）島の女神のもとへしばしば通われたという伝説は有名である。しかし、この〝艶合戦（あでくらべ）〟に神さまは登場しない。あくまで小市民向きの句集であるからして。

敗戦後の数年ぐらいまで、夜這いの風習は一部の僻村に残っていたようであるが、江戸のころは主に商家の下女が店の主人や若い衆から盛んに狙われた。

▼不承知な蚊帳（かや）は内から押さえて居

蚊帳のふちを内側からしっかり押さえているのは、侵入不許可の意思表示。そのまま黙っているのは、相手に恥をかかせまいという女の心遣いで、次回あたりには必ず許可が出るはずだ。

▼若後家にある夜手代の叱られる

「なんという不謹慎な」と叱っておいて、「今度はもう少し遅くおいでなさい」

▼女房の寝息をかいで下女に這い
ところが女房の方も体勢怠(おこた)りなしで、
▼寝たふりで這い込むとこを女房見る
これが因となって、
▼手と足で歩き女房と不和になり
とどめを刺したのが、
▼這ったこと下女の寝言でばれるなり
女房の目は盗んだものの、思わぬところで悪事発覚。
▼悪い首尾真っ裸にてかしこまり
亭主、グウの音も出ず謝るのみ。そのさまときたら、
▼深更に亭主忍びの術をする
頭を下げ、手を合わせ、まさに平身低頭。真夜中に忍びの稽古である。
▼あくる朝下女は旦那をじろり見る
下女に睨みつけられても、旦那の方は何食わぬふり知らん顔の半兵衛。
▼這った明日下女は根っから寄りつかず
知らん顔の旦那が憎いのか、そんな自分に愛想が尽きたのか。その日ばかりは旦那の視界から
外れたところにいるばかりだ。ただ一つのアドバンテージは、

▼引っ掻いたのが奥さまへ申しわけ

あの頬っぺたの傷を旦那は奥さまに何といいわけするのやら。

▼這った明日下女も内儀も無言なり

奥さんは独自の勘でおおよそを察知して無言。下女も隙を見せまいとして無言。しかし奥さんも番頭と怪しいことをしでかした翌日は、若干の負い目があるから、

▼口止めに内儀下女のも知らん顔

本当に江戸時代は、こんなに乱れていたのかしらん？

▼蒟蒻(こんにゃく)のごとく夜這いの初会なり

生まれて初めての夜這いは、実績がないことだから蒟蒻のようにぶるぶるの武者慄いがとまらない。

▼下女が部屋頭と頭ぶっつかり

人気のある下女らしく、夜這い同士がゴッツンコする騒ぎ。

▼下女が部屋先陣すでにして戻り

這って行ったら向こうからも這ってくるやつがいる。どうやら先に這い込んだ男が一つすませて戻ってくるところだ。

中にはもっと凄い女もいて、

▼待ちかねて下女こっちから這って行き

女が男に夜這いをかけるなどとは、あまり耳にしないはなしだが、「あれほど約束をしたのに何を愚図々々してるのかしら」と決行に及ぶとは果敢なおなごだ。そのくせ、目撃された男にカマをかけらると、

▼いやと言いましたをと下女抜かしおる

大変な女丈夫ではある。

▼目の見える者より夜這い上手なり

この盲人の達者ぶりに話を聞いた周囲の人たちはびっくり。もっとも「私は目が悪いものですから、夜這いなんてとんでもない。つい間違えちゃって……」といいわけすれば通りやすいのも確かだ。

▼悠長な夜這い枕を持って行き

これはもはや、夜這い番付の大関にちがいない。

〔朝帰り（あさがえり）〕　一部始終が長屋の話題に

五代目の古今亭志ん生が『三軒長屋』下（げ）のまくらで使っていた柳句が、

▼朝帰りだんだん家が近くなり

すでに女房との仲が冷え切っていて、愛情のかけらもないような夫婦の間なら、朝帰りなどちっとも怖くないだろう。しかし、まだ子どもも小さく女房ともども可愛くてならないという若い亭

主が、金曜日の夜に友人とくり込んだバーでホステスと意気投合。酔いの勢いで不倫の一夜を過ごした翌朝、眼が醒めてびっくり仰天。さァ、これでスイスイと自宅へ朝帰りできますか？

どういいわけをしたらいいのか。徹夜麻雀にするか、俺が麻雀できないのを女房は知っている。友達に引きずられて朝まで飲んでいたことにするか、俺はそんなに酒が強くないし、ああどうしよう、あれこれ思い悩むうち少しずつ家に近づいていく。

このへんの心の揺れようを志ん生はさりげない口調で巧みに表現していた。これから江戸川柳の世界へ入っていく。

▼朝帰り女房の顔がつらになり

やさしい顔が般若（はんにゃ）と化し、隣家では、

▼朝帰りそりゃ始まると両隣り

と無責任な長屋の連中はうれしがる始末。落ち着きのない亭主の素振りに、

▼うさんという匂いを女房嗅（か）ぎ出（いだ）し

▼けどること女房神のごとくなり

亭主のやりそうなことはすべてお見透しで、いきなり目を吊り上げて胸倉を引っ掴み、

▼胸倉のほかに女房手を知らず

こうなると亭主も、

▼怖い顔したとてたかが女房なり

とは思うものの、
▼朝帰り女房がいっちおっかなし
▼朝帰り女房真綿の縄を綯い
真綿でじわじわ首を絞めあげようという作戦。ここで亭主は早朝サービスで女房のご機嫌を取り戻そうと、
▼また家でせにゃァならぬと朝帰り
下手に出ようと計ったが、女房もあっさりとは受けない。
▼女房のすねたは足を縄に綯い
足を堅く結び合わせて寄せつけない。そのうえいいたい放題の悪口三昧、
▼比類なき雑言を聞く朝帰り
亭主のほうも堪忍袋の緒が切れて、
▼くそくらえつき合いだから行ったわえ
▼朝帰り高飛車でうぬ黙りおれ
居直ったあとはいつもの暴力で、
▼一言もないから亭主食らわせる
理屈に勝った女房も、
▼理に勝って女房あえなく食らわされ

こうなると女房の最後の手段は、
▼大声で泣くと亭主の負けになり
泣きわめきの大声に亭主もたちまちギブアップだ。女房も家を飛び出して里へ帰り、
▼つらあてに女房も里へ居続けし
▼喧嘩には勝ったが亭主めしを炊き
そして女房が戻った日の夜中、このへんで和解しようと亭主が手を伸ばすと、
▼ゆり起こす手を叩かれる味気無さ
とはいえ、女房のほうもなかなか寝つけなくて、妙な仕草が多くなる。
▼足の毛を抜くが女房の仲直り
▼足の親ゆびでつねって飲み込ませ
すねの毛を引っぱったりつねったり。そしてどうやら、
▼仲直りもとの女房の声になり
▼不貞寝していた帯を解く仲直り
かくして一件落着、
▼鼻息で知れる隣りの仲直り
女房の鼻息が余りにも荒らいので隣りへ筒抜けの気配、亭主があわてて女房の口を押さえれば、
▼もう泣きはせぬからよやと女房言い

〔後朝（きぬぎぬ）〕こんな風情はどこにもない

後朝の別れとは、一夜をともにした男女の翌朝の別れという意味で、まことに優雅な大和ことばだが、今では老若の差なく読めない部類のことばになっている。

語源は「共に絹物（きぬ）を着て別れる」とか「別れの衣裳を身につけるときの、絹と絹の触れ合う音」から生まれたとされている。これは、昔の廓あそびで、共寝の翌朝に惜しみながら別れていく男女の心情を、着物のすれ合う音に託したものという説が強いようだが、別に堅気の男女が一夜を共にした翌朝の切ない別れを表現したものだとも言う。

▼羽織の裾（すそ）へ坐りお帰りなんし

いよいよ男が帰るというとき、男の羽織の裾のところへ坐り込んじゃって、

「さァ、帰れるものなら帰ってごらんなさいな」

などとダダをこねている女の風情はわるくない。

▼きっとさと言わせて帯をよこすなり

男を帰したくないという甘えから、帯をかくしてしまう。今ならベルトだろう。そこで「近いうちにきっと来るさ」と言質（げんち）を取られたところでやっと返してもらうという、これも商売と未練の半分ずつだ。

▼朝帰りよの字よの字がおっぷさり

「また来てよ、きっとよ」と女が言えば、男も「ああ、きっとだよ」「ホントだよ」

別れの朝というのは、女のほうが惚れているほどベタベタとしがちなもの。

▼後朝は粉の無い餅の切れ加減

それも心底惚れられてのベタベタならいいが、商売の場合はしばしば悪女の深情けというやつで、あの手この手を弄してくるからちょっととろいお兄さんはこのベタベタを〝惚れられている〟と錯覚して、つい深みにはまりこんでしまう。

▼袖にすがりては顔をよく見せなんし

こってり吸い取られたあげく、帰りぎわに袖にすがって「よゥく顔を見せてェ」などと甘い声を出されたら、

▼取りすがる後朝破れかぶれなり

このうえ空涙の一滴でも流されようものなら、ついついヤケのくそ度胸を決め、「ままよ、もう一日つき合ってやろうじゃないか」

「うれしいわッ」

てんで女房に渡す生活費まで注ぎ込み、あげくは社の金の使い込みがオチとなる。

▼降るわなァいなよと首にしがみつき

チラチラ降りはじめた雪も男を帰さない口実になる。

▼帰られるものか積もっておみなんし

「この分じゃ積もりそうだから、帰れやしませんよ」

「そうかなァ、積もるかなァ……」

男は布団の中で優柔不断のフニャフニャ。

▼三尺も積もったかと聞く夜着の中

〝遊び〟の男と女の場合は、後朝の別れもさっぱりと、

▼明けの鐘双方うそのつき別れ

「また来てね」

「ああ、また来るよ」

これが一番無難である

若い友人の一人に、地方都市の市長の娘とデキてるのがいる。その相手である二十七歳の独身OLは、彼のアパートに泊まると、必ず夜明け前のまだ母親が寝ている時間帯に、タクシーで帰宅するという。

「これが本物の後朝の別れというやつでず。風情あるでしょ？」

勝手にしやがれ、である。

〔出合（であい）〕自然に抱かれて青春謳歌

出合（であい）とは密会のことである。村の青年男女の出合は多く野良（のら）（野原、田畑）で、それも多く麦

畑が利用された。

▼出合する上を雲雀が舞っている

なんとも羨ましいほどのどかな田園風景である。

戦国時代の昔。広い畑を狭んで敵と味方が互いに攻め込む機会を狙っているとき、リーダーは空を翔ぶ雁に注目したという。

列をつくって行儀よく翔んでいた三十羽ほどの雁が、突然列を乱し左右に急カーブして二列に別れた。なぜか？　雁が眼下の麦畑に異様なものを発見したため、これを警戒して左右に別れた、とリーダーは判断しその場を急襲する。そこに敵の先兵が隠れていてこれを一網打尽に討ち取った――とあれば大手柄だが、これがしばしば若い男女の出合だったというからおかしい。

▼野良出合鴻雁つらを乱すなり

という川柳が名句として残っている。「野に伏勢あらば鴻雁つらを乱すなり」というくだりが孫子の兵法にある。鴻は大きなかり、雁は小さなかり、つらは「連なり」のこと。

▼雁つらを乱してばれる村出合

村出合も野良出合と同じこと。麦畑も〝麦の中〟も同義である。

▼鼻息荒らき猪小屋の村出合

小屋の中から聞こえてくる荒らい鼻息に「さてはいのししか？」と猟師は銃口を小屋に向けたが、なんと小屋の中でもとんだ銃口がこっちを向いていた?!

麦畑の約束は朝の囲炉裏ばたから始まる。
▼麦の中などと囲炉裏へ書いて見せ
火箸で灰に字を書いて念を押している。
▼麦の中そべれそべれと口説くなり
〝そべる〟とは〝寝そべる〟ことの方言。
▼なびかぬと鎌でおどかす麦の中
尻ごみする女を鎌で威すとは乱暴な若い衆だが、どうやら理由は他にあったらしい。
▼でけェからやァだと麦を踏み散らし
若い衆の道具がやたらに巨大だったのだ。
▼麦畑小一畳ほど押っ倒し
畳一枚分ほどの麦を倒された百姓、ぼやきながらも、
▼こりゃ犬のわざではないと麦起こし
向こうから馬子が馬子唄をうたいながらやってきたので、麦の中もせわしない。
▼馬子唄に二人ひれ伏す麦畑
そのうち野良犬が麦畑に入り込んだからひと騒ぎ。
▼山犬に麦の中から二人逃げ
ところが逃げ出したのは男一人だけで、

▼もう一人出るを見ている畑番

こうなると百姓のほうも意地がわるい。

▼餅草の上でひと臼野良出合

餅草というのはよもぎのこと。よもぎ餅だからひと臼のキカセになっている。

▼夏草や野良者どもが出合あと

芭蕉の『夏草や兵どもが夢の跡』のもじりで、どちらも激戦のさまが窺えるよう。早春のうちは、気もそぞろな若い男女が、

▼まだ伸びもせぬにもう来る麦畑

など、まことに大らかな性の奔放さがしのばれるが、やがて初夏の刈入れが始まると、たちまち「寝そべる」麦畑がなくなって、

▼これからはどこですべェと麦を刈り

という心配がもち上がる。しかし土地の若い衆たちは驚ろかない。

▼麦ののち随喜(芋茎)の中でまた始め

この野良出合の句に接するたびに思い起こすのは、淡路島の性風俗だ。

この島は古くから性に関しては大変に開放的で、先年、土地の老医師にじっくり話を聞いたところでは、両親が幼児を連れて野良仕事に出ると、昼食後や三時の休みどきにはお茶でも飲むような気軽さで野良出合を楽しみ、そんな光景がかしこで見られたというのだが、まさか二十一世

紀の現代に、そんなことはよもや？　だろうねえ――。

〔玉子（たまご）〕玉子は本当に精力剤か？

男と女とでは、一体どっちの精力のほうが強いか？　個人差があってきわめて難しい論議だろうが、諸説を統括してみると、やっぱり「灰になるまで」と言ってはばからない女のほうが強いのではなかろうか。

なによりも男は、まずエレクト不可能になった時点で一巻のおわりだが、女は生理が上がってからでもいくらでもできるし、もちろんオルガスムスもあるのだ。中年男たちのはなしを聞いてみても自分のほうから仕掛けるという元気印はかなり少なく、女房に浮気されるのが怖いから月に一度ほど義理で応じている、というのが圧倒的なのだ。情けないはなしである。

▼またかえと女房笑い笑い寄り

新婚のうちならそれもいいだろうが、

▼よく続きなさると女房上機嫌

うれしそうな女房の顔に誘われて無理をつづけていると、三日に一度が週に一度、十日に一度と減っていく

「もう寝ちゃうの？　つまんないわ……」

ここで登場してくるのが玉子である。昔から生（なま）玉子は強精剤といわれてきたが、これはほぼ迷

信に近く、栄養価は高くても強精効果は乏しいという。吉原を流す玉子売りの玉子がよく売れたので、そのへんが迷信の出どころかもしれない。

▼玉子割って飲ます女房の下ごころ

「飯のおかずに生玉子が三個とは、一体どういう意味だ」

「これを飲んでいればあんたは元気でいられるのよ、さァさァ」

▼もう一つお吸いなねえと生玉子

▼餅よりも玉子を食えと嬶(かかあ)言い

枕元に置いたお椀の中にまで生玉子一個。

▼提灯(ちょうちん)の骨つぎをする生玉子

提灯＝その項参照＝はインポの意。江戸のころは、骨つぎをしてピンと張らせるのに生玉子が一番とされていた。吉原を流す玉子売りの兄ちゃんも、

▼れこさにはよく効きますと玉子売り

コレがレコ、ウエノがノガミと同じ逆さことばで、レコサはコレサ。つまり、

▼にぎにぎに親指が出て大笑い

玉子売りの指は、中指と人差指の間から親指が首を出している例の形になっている。

中国の『千金万』という医書に、男女の回数が紹介されていて、

二十代・・四日に一回

三十代‥八日に一回
四十代‥十五日に一回
五十代‥三十日に一回
六十代‥閉じて洩らさず

とあり、貝原益軒の『養生訓』も丸写し同然の内容である。

江戸時代の武士は月に一回が平均とされ、年に二度がざらであったというから、現代ならこれだけで立派な離婚理由になるだろう。そのうえ技術もお下手（へた）で、早漏が当然だったという。

▼たまたまのこととはいえどおさせ下手

生玉子をいくつ飲んでも一丁上がりの提灯には効果がない。

▼過ぎたるはもう玉子でも及ばざる

そこで観念したご隠居さん、それでは致し方ないというので、

▼生玉子でもいかぬと隠居爪（つめ）をとり

爪をていねいに切って、せめて愛撫だけでも愉しもうとは、さすがにお盛んである。

〔転（ころ）ぶ〕　ねじめで競う三味線人生

▼三味線の下手は転ぶが上手なり

芸を売って身を立てるべき芸者が、芸を売らずに体を売ることを転ぶという。もっとも売るほ

どの芸が無いから、身を売ることになるという理屈だが。

客の方へ半円形に並んだ芸者が、一人ずつ順ぐりに歌や踊りなどを披露していくうち、自分の番が近づくと、

「ちょっとお手洗いへ」

といって席を立つ女がいる。これを小便芸者というが、こんな芸者が客からの口説きに弱く、あっさり身をまかせてしまう——というのが冒頭の柳句である。それというのも、
▼足元を弱く芸者の母育て
転びやすいように育てた母が悪いが、この母は実母ではなく置屋(おきや)のおかあさんのこと。
▼転ぶ子に金を拾えと母教え
これも同様のおかあさんである。
▼その当座まず一転び二声なり
歌舞音曲は二の次でまずは転びを覚えること。当然のように、
▼立てかけた三味線どうも転びそう
そんな芸者が外出するときは、いつも素足に駒下駄だったから、
▼駒下駄で出るとそこらで転ぶなり
▼駒下駄が通るとあれも転ぶなり
だから口の悪い江戸っ子は、

▼三味線も踊りも知らず芸者なり

そしてとどめは、

▼おきゃあがれこぼし誰にも転ぶなり

〝おきゃあがれ〟は〝勝手にしやがれ〟の江戸言葉で〝起き上がり小法師〟の地口になっている。しかし、いかに転び芸者とはいえ、だれが申し込んでも気軽に応じてくれるわけではない。

▼触（さわ）ったら転びそうだが人を見る

現代の転びレディーは人を見てからで、まずイケメンか否か。次はウマの合う飲み友だちになれるか、そして仕事の上でメリットのある管理職かどうか――と、趣味と実益をしっかり計算している。

▼転んでも人見知りする憎いこと

顔では調子のいい相槌を打ってはいても、駄目なのは無精ひげ、黄色い歯、汚れたシャツ、そして吝嗇（りんしょく）つまりケチである。

▼芸者の仲間すべったの転んだの

芸者仲間のうわさばなしは、いつも〝滑ったの転んだの〟と賑やかだが、〝転んだ〟はなしの部分は実話であろう。そして、うわさばなしはいつも悪口で終わる。

▼転ぶからそれではやると芸仲間

▼仰向けに転んで金を拾うなり

ふつう転ぶときはうつむけになるが、芸者ばかりは仰向けに転ぶ。だから、

▼転んだで大きな瘤ができるなり

仰向けに転ぶようなことをするから、腹が瘤のように大きくなるという珍解釈？

▼転んでもねじめがいいではやるなり

ねじめといっても三味線の音締めでなく、床に入ってからの寝締めである。

▼転んだ子泣き出すでなおはやるなり

わざとのようにヒィなどと泣き出すから、粗忽な男はいよいようれしくなってしまう。

俳聖・芭蕉の名句に『いざさらば雪見に転ぶところまで』というのがあるが、

▼雪見にはうってつけたる芸者なり

雪見酒と芸者にはこの芭蕉の句がうってつけだというのである。

▼日半日猫をじゃらして二分取られ

二分は一両の半分で当時の芸者の枕代。こんな遊びは男のぜいたくだった。

次に、よからぬ芸者二句。

▼転んでも只起きぬやつ下駄をはき

その最中に〝この男はもっと取れる〟と判断した芸者が値段を吹っかける。転んでる途中で値段を吊り上げるのを〝足駄をはく〟といい、文字どおり足元を見たわけ。

▼ねえさんと言いやと芸者子を育て

父親不詳の子を出産し、その子に「姉さんと呼ぶんだよ」といい聞かせ、とどめは、
▼かかさんと言うとこれだと棒でぶち
ひどい女がいたものである。

〔ねれる・ぬれる〕　うれし悲しの六阿弥陀詣り

女性の下半身が適度な運動や刺激などによって湿潤となり、火照(ほて)った状態になることを〝ねれる〟という。古くからその道の好き者や通人と呼ばれる人たちが〝美味絶佳〟として珍重してきたものである。

また、俗に男性の嗜好の順として『一盗・二婢・三妾・四妓・五妻』というが、盗んだ人妻が最高というのは理解できるものの、なぜ婢が二位にランクされているのか？　つまり婢というのは昼間から仕事が多く下肢をよく動かすからであり、旅館や料理屋やバーなどの女中さんや女給さんたちは、職業がらほどよくねれているからである。
▼折々は遠道させて味をつけ
▼日帰りに練馬の里へ亭主やり
ねれさせるためにお詣りとか実家とか、女房を遠くへ出かけさせる。
▼お百度でねらして来いとその太さ
お詣り帰りの最上の土産は、女房が生まれつき持っているもの。

▼お百度のあとは亭主に土産なり
▼亭主への土産は栗餅ほどにねれ
そのころ目黒不動尊の栗餅が名物として一番の人気だった。
▼栗餅のほかに亭主へいい土産
▼トローリとねれたを女房土産なり
〝ねれる〟と同じ仲間に〝ぬれる〟がある。この〝濡れる〟も性的な俗信で、
▼女房は駕籠で帰って叱られる
▼近道を帰って嫁は叱られる
この俗信の意味を知らないと、なぜ嫁が叱られたのかまるで判らない。〝ぬれる〟も〝湯あがり〟とともに当時の男どもが賞味したもので、
▼本尊はぬれ仏なり奥の院
▼新しいうち女房は沖の石
この句は小倉山百人一首のうち、二条院讃岐が詠んだ『わが袖は汐干に見えぬ沖の石の人こそ知らね乾く間もなし』のきかせで、〝濡れ〟の多い嫁を称賛したものである。

江戸時代、春秋のお彼岸に江戸の周囲にある六つの阿弥陀（あみだ）さまを安置した寺をお詣りする『六阿弥陀詣（もう）で』は、善男善女の年中行事であった。

一番　豊島　三縁山西福寺

二番　下沼田　甘露山応味寺
三番　西ヶ原　仏宝山無量寺
四番　田端　宝珠山与楽寺
五番　下谷　延命山長福寺
六番　亀戸　西帰山常光寺

この順で六阿弥陀を巡拝すると六里二十三町の長丁場で、

▼六ツに出て六ツに帰るは六阿弥陀

明け六ツ（午前六時）～暮れ六ツ（午後六時）の一日がかりで、一日十里（約四〇km）歩ける健脚でなければすべては回れなかった。この常連は姑で、嫁はお供で付き合わされたから、

▼六阿弥陀みんな回るは鬼婆ァ

達者な姑さんは悪口をいわれ、若い嫁さんは濡れすぎたことだろう。

▼六阿弥陀あんまりぬれて熱がさし

姑さんの方は、

▼六阿弥陀婆さま無駄にぬれてくる

まったくのぬれ損で、後家さんも、

▼たがために濡れるか後家の六阿弥陀

しかし足底に豆ができたのは嫁さんで、

▼濡れ切った嫁足に豆六つ出来

しかし六番目の阿弥陀さまの次の一番は、

▼濡れて来て七番になる六阿弥陀

いわずとしれた妻の帰りを待ちわびていた亭主との一番で、嫁さんもこの七番目にはさぞ快く(こころよ)も疲れたことだろう。

▼六阿弥陀翌日亭主飯を炊き

次の朝は当然のごとく、

▼亡き人のためかや今日の六阿弥陀

そしてもっと悲しいのは、

亡夫の冥福を念じてお詣りしてきた後家さん、夫が在世ならさぞ喜んでくれたことだろうと、その無駄濡れを嘆いて空閨に一人ねる夜の悩ましさ切なさは、いかばかりであったろう。

〔口説く(くど)〕　れぬふりをしてられたがり

▼口説く奴あたり見い見いそばへ寄り

口説くにもいろいろ種類があるが、本来からいえば男と女の色ごとに関わることばである。挨拶して名乗りをあげ、やおら堂々と説得にかかるというものではなく、左右に気を配りながら、

▼口説きだす前はしばらく黙ってる

多少は心の準備が必要なのである。
早くも男の目を見て警戒した娘は、
▼近づくとこれで突くよと娘言い
指に挟んでいたのは裁縫に用いる針、
▼針疵（はりきず）を数ヵ所蒙（こうむ）る出来ぬ奴
針ならまだしも、これが銹（かんざし）ともなると、
▼銹も逆手（さかて）に持てば恐ろしい
銹より始末の悪いのは爪、
▼生娘を口説いた顔にみみずばれ
もっと乱暴なのは祖父愛用の鉈豆煙管（なたまめきせる）で、
▼逃げしなに娘きせるで惨（むご）くぶち
これはすでに嫌われた証拠だ。
ところが〝脈あり〟の場合に娘がとる態度は、
▼口説かれて娘は猫にものを言い
▼口説かれて存じませんと鶴を折り
「タマちゃん、どうしたらいいでしょうねえ」「知りませんわ……存じませんわ」、折りたての鶴で猫をじゃらしている。

▼れていてもれぬふりをしてられたがり
つまりは、惚れていても惚れない素振りで惚れられたがってる——という複雑な心境。
▼壁越しにうそばっかりとまで聞こえ
小さい声で「嘘ばっかり……」と言ってあとが聞こえないのは大抵承諾。
▼かかさまが叱ると娘初手は言い
「母さんに叱られるから」と最初のうちは言うものの、
▼承知した娘手代と無言なり
あとは黙ってうつむいて手を握り合うばかりで、
▼差し俯いていらえなし割らせる気
〝いらえなし〟は〝答え無し〟、あとは禁断の果実を割って二人で味わうばかりだ。
中には妊娠しているのを肥った娘と誤解して口説くどじもいる。
▼鈍なこと孕んでいるを口説くなり
自分も口説いてもらえるかも？　と、肥った下女の方は大喜びである。

「地紙」は扇子用の紙で、金箔や銀箔を張り付ける下地の紙。この地紙売りには二枚目の若い衆が多かったので、
▼地紙売り梅幸に似て二度呼ばれ
好色な心臓女の人気を集め、呼び止められては手を握られ、腕を触られ、口説かれたらしい。

時にはおのれの興奮しきった一物を、

▼このようになったと見せて口説くなり

とんでもない奴がいるもので、相手が好き者の手練女ならともかく、

▼生娘の目には大蛇ほどに見え

こんな物を見せられたら気絶しかねない。

▼口説きようこそあろうのに抜身なり

あべこべに根性わるの下女を下手に口説いたりすると、

▼口説いたを下女ふれ歩くその憎さ

あの女、一体俺に何と言ったと思う？

▼口説かれて銀の鎞ならと言い

確かにそう言ったじゃないか！

たばこ屋の娘が長屋の惣後架（共同便所）で小用をたしているところを、町内の若い衆に覗かれて、

▼見たことがあるとはいやな口説きよう

「ミイ坊のアソコ、見ちゃったぞ。だからさ、だれにもいわないから、ね？」

かかる口説き方は川柳子には大いに軽蔑されるが、これと同じようなドラマが四百年後にもあったから呆れる。

撮影所の大道具係のKが、今をときめく人気女優の秘所をシャワールームの戸の隙間から拝見しちゃったというのだ。

▼させろとはあんまり俗な口説きよう

Kは秘密維持を条件に女優を口説いたそうだが、女優がその要求にどう応じたかはだれも知らない。ただある日突然、Kは馘（くび）になった。「口説き落とす」はずが「首を斬り落とす」結果になったとは、シャレにもならない。

▼口説かれてあたりを見るは承知なり

これも五代目古今亭志ん生が、しばしば落語のまくらで用いていた柳句である。あたりを見る——という描写がなんとも粋で純情でたまらない風情だが、これで、

▼根を押して聞けば娘は泣くばかり

〝根〟は〝念と陰核〟の掛詞（かけことば）。娘のたおやかな姿が浮かんでくるようである。

〔刺青〕しせい・いれずみ　脅迫ものから名人芸まで

日本における刺青の起原は古く、紀記や魏志倭人伝の中に黥（げい）、文身などの文字がすでに見えているそうだ。浅草の釣鐘弥左衛門という侠客が、肩から背中斜めに南無阿弥陀仏の六字を彫って世間を驚ろかせたのが元和（一六一五）のころで、その後起請彫（きしょうぼり）、抜き彫を経て天保（一八三〇）時代に技術的な完成を見た。

その後の天保十二年に彫物御法度の令が出、明治五年に男女混浴、裸体、春画の禁止令が出たが、以後はザル法そのままで今日に到っている。

▼母の名は親父の腕にしなびて居

この名句は宝暦十三年、柳多留に最初に登場したものとして知られている。

▼真っ青な嘘を傾城針でつき

真っ赤でなく真っ青な色は、上等の唐墨が皮膚組織に入ると、墨粒が半透明な表皮を透かして青色に見えるという。

▼宙に飛ぶ駕籠かき腕は雲に龍

刺青は駕籠かきの資本であり、これのない者は「奴は無地だ」といわれてさげすまれ、とりわけ吉原へ行く客などは見向きもしなかったそうな。

▼彫物が弓の稽古の邪魔になり

寛永（一八四八）のころ、江戸町奉行の遠山左衛門尉景元が〝金さん〟と呼ばれた放浪時代、湯島の梅吉という名うての彫物師に依頼して、霞に包まれた満開の遠山桜を朱色で背いっぱいに、文をくわえた女の生首を腕に彫らせた。講釈師の宣伝も手伝ってこれが江戸中の大評判になったが、そのため、弓の稽古のときは手甲（てっこう）を手首まではめ、こはぜで止めて隠したという。

▼江戸同士倶利伽羅竜（くりからりゅう）が富士を越し

倶利伽羅は梵語で黒竜が剣を絡（まと）う図。刺青の絵に竜が多くそれが躯に巻きついたさまが倶利伽羅竜に似ているところから、尻に紋々を付けていつか刺青の代名詞になったという。

▼からくりになってて夜具をねだり出し

夜具をねだって男に絡みついている格好が、剣に巻きついた竜に似ている。

▼くりからを出して絡んだことを言い

▼腕の倶利伽羅言葉にも剣があり

刺青はしばしば威嚇に使われたが、凄いのは男ばかりとは限らなかった。河童(かっぱ)のお角(すみ)という女は全身に刺青を背負い、股には河童が自分の陰部を指差している絵が彫ってあった。雷(いかずち)お新は背中に弁天と北条時政、尻に蛟竜、両股には岩見重太郎の大蛇(おろち)退治、腹に九紋竜、腕には金太郎と緋桜、六頭の竜と桜に雲、波にまさかりなど、肌に少しの隙も無く彫り尽くし、朱で仕上げてあったというから、その素晴らしさは筆舌に尽くせないほどの美しさで、皮膚は剥製として関西の医科大学に保存されているという。

▼入れぼくろ白粉(おしろい)をさす黒んぼう

〝入れぼくろ〟とは刺青のこと。白粉を入れることは黒人だけでなく日本女性も入れた。白粉に鶏のとさかの生き血を混ぜて彫ると、色の白い女性の肌ではほとんどわからないが、入浴したり、少しアルコールが入ると、赤味を帯びた肌にぽっかりと絵や字が浮いて出るという。

▼入れぼくろ一字千金雪の肌

なんとも神秘的なシーンである。

「命」の一字を名前の下に彫るのが大流行したことがある。それも金兵衛がキン命、常之助がツネサマ命などは面白くないというので、八兵衛が二四命、三五郎が山命（三を芸人社会の隠語でヤマという）などができた。

▼金になる細工命の彫物師

奇抜で奇妙な彫物をしたがる人間はどこにもいるもので、

▼剽軽（ひょうきん）な男の腕に河豚（ふぐ）命

河豚に中（あた）って死ぬのを愉しみにしていた男なのか？

躯中に四十八枚の花札を彫って、二十坊主一枚だけ足のうらへ隠し彫りした男。二の腕に蛸（たこ）を彫ってこれを器用に折り曲げすると女陰になるのがあれば、腰の後ろに大きな蟹を彫り、その鋏が左右から前へ伸びて秘門の両側に届き、これをガードするという形。中で評判を取ったのは、肩に豆絞りの手拭いを彫り尻に猫が彫ってあって、後ろから見るとゆっくり歩く男の筋肉の動きようで、猫が手拭いにじゃれつくのがわかった、などという名人芸も登場したという。

▼天狗のいさみ倶利伽羅を鼻へ彫り

天狗界の勇みの者が自慢の鼻に墨を入れたという、とんだ想像句である。

〔被（かぶ）せ物（もの）〕　この戸口屎無用とは稀有な札

もしご不快の方がおいでなら、この項を跳び越して次へ移動して頂きたい。

▼泥棒は左捻り(ねじ)に錠(じょう)をあけ
江戸の昔から存在した事実で、空巣狙いというこそ泥が〝ひと仕事〟終えたところで、どんぶり鉢を伏せたような左曲がりの不浄物を置土産にして逃走したという話。

それを詠んだ古川柳がなかなかの秀句として柳多留、新柳樽、まなび樽、しげり柳、露丸評万句合、俳諧種卸などに残っているので紹介させてもらうことにする。賊が残していった穢物が左曲がりに捻れていたところから、冒頭句はその形態を錠に見立てて詠んだものである。

昭和四十二年春、都下清瀬市の住宅街に住まっていたとき、空巣狙いに入られてまんまとウン塊を土産に頂戴したことがあるが、このときは土産物の上にざるが被(かぶ)せてあった。賊どもは目標の職場へ侵入すると、仕事をする前に精神の統一を計り、充分に気を鎮めてからウン塊を生産し、おもむろに桶か盥(たらい)を探し出してきてこれに被せ、ゆっくりと仕事にかかるのである。

被せ物をするのは、本業の無事成功を願う呪(まじな)いであるらしい。
▼夜が明けて盥の屎に人だかり
▼泥棒にあきれ盥にまたあきれ
空巣狙いに入られて盗難に遭ったというニュースはいくらでも見聞きするが、ウン塊と被せ物の報道には接したことがない。しかし現実にはあったのだ。
▼立ったまま盥の屎を睨みつけ
▼屎まで太いと目をこすりこすり見

泥棒の方にもどじな奴がいないではない。

▼盗人の見習い空店（あきだな）へ屎を垂れ

空き家へ入っても盗む物が無い。何も盗まないで屎だけ垂れるとはどじな新米である。

▼垂れるのを晩までこらえ賊昼寝

いつも夜にならないと便意がわかない。昼寝でもして夜まで時間をつなごう――。

▼まだ屎は出兼ね屁をひる小盗人（こぬすっと）

いくら息んでも出るのはけちな音ばかり。小者には大は兆（きざ）さず屁ばかりだ。

▼とんだ賊垂れたも垂れた屎たんと

三箱追福会に載ったこの句、驚いたことに廻文（かいぶん）である。上から読んでも下から読んでも「とんたそくたれたもたれたくそたんと」。

この泥棒、やっと大を出したところで外から大嫌いな犬が入ってきた。ウン塊を見て賊に吠えかかる犬、慌てて逃げ出す泥棒、

▼賊は逃げまだまじないは煙（けむ）を立て

泥棒が逃げ出してしばらくの間、ウン塊は湯気を立てていたというのである。

▼白波は寄する渚（なぎさ）へ屎を垂れ

白波は芝居用語で盗人のこと。白波と渚が掛け言葉になっている。

▼極く無念屎と盥を睨みつけ

▼無念骨髄盗人の屎滐（くそさら）い

品物を盗まれたうえに泥的の垂れた屎の掃除までさせられては、無念さも骨髄を突き抜けるほどだろう。

▼べらぼうな夜這い盥へ屎をひり

一人住まいの後家さんの家へ侵入した夜這いが、なにもしないうちに後家さんに烈しく抵抗され、逃げられた。こうなると男も自棄（やけ）で、盗人のまじないを真似し、盥を持ち出してこれに屎を垂れたという。

▼稀有（けう）な用心この戸口には屎無用

あんまり世間にこの被せ物が流行してるのを警戒して、『此戸口（このとぐち）屎無用』と書いた札を玄関口に貼り出した剽軽（ひょうきん）な江戸っ子がいて、町内の笑いを誘ったという。

▼盗人の屎に無念の人だかり

尾籠句の数々、乞うご容謝。

第四章　風　俗　篇（下）

〔庚申〕　年に六日の厄日あり

庚申の日はカノエサル、十干・十二支の組み合わせで六十日に一回やってくる。この日は、人間の体の中に三尸の虫という一対の虫が三組いて、人が眠っている間に体から脱け出して天にのぼり、その人が行った悪事を天の神に報告する日である。知らせを聞いた神は長生きをする人間の名簿の中から、その人の名を削除してしまう。ゆえに庚申の夜は夜明かしをして三尸の虫の脱出を防がなければならない——という信仰が中国から伝わってきたのは奈良・平安時代で、江戸期の末ごろには強い民間信仰として、日本国中に広まり定着した。

これを「庚申待ち」といい「見ざる・聞かざる・言わざる」の三匹猿を描いた庚申塚の碑がどんな田舎へ行っても見ることができるし、東京の真ん中の巣鴨には庚申塚という名の都電の停留所があり、そばに庚申堂が祀ってあって今も参詣人が珍しくない。

庚申の夜のタブーとしては髪を結ってはいけない、歯を黒く塗る鉄漿をつけてもいけない、特に悪いのは夫婦間のセックスであり、その夜に妊娠した子は長じて盗賊になるとさえ信じられた。発祥である中国の『黄素妙論』という性典には、

『大風、大地震、大雨大雷、日蝕月蝕、庚申、甲子の夜交合すれば天地その寿を奪う』

とあり、以後江戸時代末まで千百年以上もわが国の民間信仰として守られていた。

そんなわけで、この夜の禁忌に関わる川柳が柳多留などに多く詠まれている。とりわけ多いのが新世帯(あらじょたい)の夫婦もので、

▼庚申をうるさく思う新世帯

▼泥棒が出来たらままとおっぱじめ

そっと様子を感知していた姑のいわく、

▼盗人(ぬすっと)の子も出来ようと姑言い

「あんた、そういえばゆうべは庚申さまのはずよ」

「えッ、そいつァ大変だ！」

六十日に一日めぐってくるのは六十年に一度の還暦と同じ計算で、庚申の日も一年に六日やってくるが、これがウルウ年だけ七日くることになる。これを七庚申というが、

▼新世帯七庚申もするつもり

七庚申なんぞくそくらえである。

▼もうよかろうと庚申の明けつつ方

夜明けなら庚申も過ぎて翌日の計算になると勝手な理屈。

▼庚申を明くる日聞いて嫁困り

庚申の日をケロリと忘れ、済ましたあとの祭りというわけで嫁さんも困った。

▼夕べ庚申かえと嫁へんな顔

これが相模女（項参照）となると凄い。

▼庚申というのに相模聞きわけず

友引だろうと仏滅だろうと関係無しだ。

▼庚申を嫁の訊（き）くのは目立つなり

婆さんには無縁の日であるが、嫁がやたらに訊き歩くのは目立つもの。

忍耐力の無い亭主も始末に悪いもので、

▼庚申（かのえさる）女房を口説き落とすなり

こんな亭主にも困ったものだが、もっとひどいのが、

▼尻をする分には構わぬかのえさる

これでは三尸の虫も我慢しないはずだ。

▼庚申はせざるを入れて四猿なり

三匹の猿にせざるを加えたところがミソ。

▼女房のはげた歯で寝るさせぬ晩

庚申の夜は鉄漿をつけることは禁忌であるから、その晩女房はお歯黒がはげたままで寝ることになる。その晩はさせぬ一夜だが、亭主もこのくらいの我慢はして当然だったろう。

〔品川宿(しながわじゅく)＝南楼(なんろう)〕坊主も武士も同じ狸

▼品川の衣桁(いこう)もも引きなども掛け

江戸の入口、東海道五十三次の第一の宿場で江戸四宿の一つとはいうものの、吉原とはやはり客層で差がつけられていた。派手な花魁の衣裳ならぬ人足や馬方のモモヒキが衣桁に掛かっていたというのだから。

▼品川の客人偏(にんべん)の有ると無し

品川の遊廓（南楼）へ遊びに来る客は大きく分けて人偏の有無で決まる。つまり人偏の有るのが「侍(さむらい)」、無いのが「寺(てら)」。侍は芝の下屋敷に住んでいた薩摩の侍（島津藩）、寺は芝増上寺の僧侶である。

▼品川の儲け七分は芝のかね

「かね」は寺の鐘と銭のかねの地口で、増上寺の坊主は南楼のお得意さんであった。

▼山さんというは品川初会なり

寺院にはすべて○○山○○寺という山号寺号というものが付いていて、僧侶の登楼客は初会で名前の判らない場合は、すべて「山さん」と呼ばれた。吉原へ行く僧は医者か学者に化けないと大門をくぐれなかったが、増上寺組はモロに坊主姿で出入りし、「山ちゃん」などと呼ばれて目尻を下げていた。

▼帆柱を立てて若僧品の夢

品の夢は品川遊廓の夢であり、血気盛んな若い僧は遊女の夢を見ては股間に太い帆柱を立てたものである。

▼帆柱の立ったを寝かす船比丘尼

大川に船を浮かべて春をひさいだ船比丘尼は最低とされていたが、それでも品川の若僧は買ったものらしい。

▼安房上総褒め褒め二三戒破り

晴天の日は南楼から千葉側の景色がよく見えたので、増上寺の僧は海の景を褒めながら飲酒戒、邪淫戒を破りまくった。

▼品川は手の無い人に生まれる気

飲酒戒を破ると五百回生まれ変わっても手の無い人間に生まれ変わるという仏罰があり、

▼高輪で化けたが来世牛になり

邪淫戒を破れば来世は牛になるといわれたが、坊主たちの遊びはおさまらなかった。

▼泉岳寺悪いたくみもするところ

四十七士が眠る泉岳寺は浅野内匠守の墓所であり、ここを参拝した帰りは南楼へ一泊。たくみは企らみで内匠守との掛け言葉だ。

▼釣仕度これはお知恵と品の妓夫

品川の海へ釣りに出るという出立(いでた)ちで女房の目をごまかして来た客の知恵を、牛太郎が褒めたという。

▼仲間割れ川崎泊まり二三人

旅に出る仲間を見送りに来た一行が品川宿で迷走し、敵娼(あいかた)を決めるくじ引きにも外れて仲間割れとなり二、三人が次の宿場の川崎泊まりになるとは……。

〔男の死に際(ぎわ)〕 美人女房に短命亭主

俗に〝美女と野獣〟などという。およそイケメンとは縁遠いむくつけき男が、目の覚めるような美女と結婚したりすると、料簡のせまい男友だちが、

「やつは資産家の息子だからな、嫁をゼニで買ったようなもんだ」

「度が過ぎて長生きしないから見ていなよ」

などといいたい放題の嫉きもち悪口をいいつのる。

美人を女房にしたからといって夫が短命という理屈はないが、そこがもてない連中の浅ましいところで、万が一美人女房を残して死のうものなら、それこそ川柳子の餌食になること受け合いである。

▼死にぎわを汚なくさせる美しさ

一生に一度の死だから、せめて死にぎわぐらいはきれいにすればいいのに、息を引き取る寸前

まで女房の腰に抱きついて、

「これが未練で死に切れないよォ……」

という執念がそのまま遺言になったとは、何とも死にぎわの汚ないやつという悪口だ。

もう一つ、凄じい死にぎわが、
▼亭主立ち往生をする美しさ
これは見事に美人妻の腹の上で息絶えた腹上死というケースで、中国に古くからある法律書に『洗冤録（せんえんろく）』というのがあり、これが法律家の座右の書になっていた。

この書によると腹上死をとげた男の一物は、死語二時間前後はエレクトしたままの状態であると説明されている。

『男子多く精気を耗尽し、婦人の身上に脱死するものあり、真偽察せざるべからず。真ならばすなわち陽衰えず、偽ならばすなわち萎（な）ゆ』

中国では古来より盛んに媚薬が用いられたため腹上死が多く、当然のように腹上死のように思わせる殺人事件が少なくなかった。そこで、この法律書を参考にすれば、その死が本当の腹上死であれば一物は死後も衰えることなく天を向いているはずであり、殺人ならペチャンコになっているから自ずと真偽の判定がついたわけである。

なかには、熱戦展開中に夫が脳出血で突然死し、びっくりした女房があわてて医者を呼んで診察してもらうと、まだ一時間ほどしかたってなかったため一物は直立、そこで女房はコックを握

りしめて、
▼ここはまだ生きてござると女房泣き
という騒ぎになったという。
ともあれ、美人妻に夢中になって房事過多となり、その度数も常軌を逸していた男が丸二年で
痩せ劣えてあの世へ急ぎ、続いて二度目の夫も同じような経過をたどって心臓マヒ。
▼バッタバタ亭主の替わる美しさ
やっぱり並みの女房が一番のようですナ。

〔気の悪い〕 色気の正体とは何か？

「気が悪い」とか「気を悪くする」というのは、不愉快である、気分が悪いという、感情を害する意味になるのが普通である。これが古川柳の世界では、性的刺激を受けて劣情を催すこと、欲情をそそられてみだらな気分になることをいう。
▼気の悪いもの帯をしめてる女
多くの浮世絵にも見られるように、昔から帯をしめている女の図は艶っぽいものとされていた。
▼十六で髪おきをする気の悪さ
子どもが頭髪を伸ばし始めるときに髪おきの儀式が行われるが、ここでは数え年十六で秘部に毛が生えそめる時期のことを、男たちの劣情をそそる意味で〝気の悪い〟と表現したもの。幼女

の髪おきの祝いは三歳である。
▼気を悪くして蓮堀を引っこ抜き
上野不忍池畔の茶屋で展開する数々の濡れ場は、池の中の蓮堀からは手に取るように見えて気を悪くする。
▼蓮堀が見やすと障子引っ立てる
と障子を立てておいて、店の方からも、
▼蓮堀に気を通しゃれと茶屋は言い
気をつけろという注意が届く。
▼気が悪くなっても女かさばらず
男が色っぽい女を見て妙な料簡を起こすと、躯の中央部にやおら変化が生ずるが、女にはかさばるものがない。そこで、
▼男のは邪魔であろうと女の気
女の方が気を回してくれるのだが……。
▼気を悪くするも中条家業つぐ
中条（その項参照）は中絶専門の女医者だが、施術を少しでも軽く容易にするために、患者に春画を見せたり指圧をしたりして子宮口を広げる工夫をした。患者の中には、
▼中条で鼻を鳴らして叱られる

などという女丈夫もいたが、これも仕事に忠実なためと、中条流の言い分があってのことである。

▼後家の生酔い気の悪いことだらけ

とにかく色気盛んな後家さんの生酔いほど気の悪いものはない。不良な男どももけしからぬ振舞いに及んだりしたが、

▼女生酔いふんどしをいっそ出し

ときては五分五分である。

▼気の悪いもの仰向けに寝た女

男は本来、そこに女が寝ているだけで劣情を駆り立てられるらしい。ましてや、

▼はだか身を見せるも女罪になり

ストリップそのものが犯罪なのである。

かまってくれない亭主の前へ素っ裸になった女房が横たわり、

「毛を見てせざるは勇無きなり」

亭主、女房をチラリと見ていわく、

「君子、仰向けに近寄らず」

〔素見物（すけんぶつ）〕ひやかしアラカルト

吉原に近い山谷堀の紙洗橋（かみあらいばし）の近くに紙漉場（かみすき）があって、数人の職人が働いていた。一日の主な仕事は紙の玉を川の流れで冷やかす正味一刻（とき）（二時間）だけ。紙玉を籠に入れて水に沈めると、もう一刻は仕事がない。

目と鼻の先にある吉原へ出かける。といっても二時間経ったら次の工程のために川へ戻らなければならないから、遊女たちに「お上がんなはい」と誘われても登楼するわけにはいかない。顔の品定めをしたり世間ばなしをして廓内をほっつき歩き、やがて川へ戻って行く。「あの連中、なぜ上がらないのかね」「あれは紙冷やかしの職人だ、一刻ぶらつく時間しかないのさ」「ああ、冷やかしかい」というので、以来品物を見回したり値踏みだけして買わない行為を「ひやかし、ひやかす」というようになった。「ぞめく」「素見（すけん）」も素見物もみな意味は同じである。

▼格子先買わず見惚れる柳腰

抱きたくなるような柳腰の遊女を、ボーッと見惚れるばかり。

▼素見物そのくせ念には念を入れ

買わないものならちょっと見てさっさと次へ行けばよさそうなものを、素見とは思えないほどの念の入れようである。

▼心ではあいつをなァと見るばかり

ああ、お足があればなァ……。

▼見るが目の毒とはけちな素見物

銭が無いのに見ているというのは、目の毒であり伜の毒でもある。

▼あすの晩来てあいつをと素見言い

明晩買えるなら今晩買えばいいのに……。

▼貴様どれ俺はあれだと素見言い

当初（はな）から登楼する気がないから、敵娼（あいかた）を決めるのも早いこと。

▼素見物見ている顔をあげられる

気に入って穴のあくほど見惚れていた花魁（おいらん）を、すぐ隣りで見ていた男の客がさっさと指名してしまった。

▼素見の足の止（とど）まるは直ぐに売れ

ひやかしが足を止めて見惚れるような遊女は、たちまち他の客に買われてしまう。

▼そこはよせ二朱だと素見気の高さ

どうせ無料の素見だから、安物の女郎など目もくれない。

▼素見物小見世などには目も掛けず

安っぽい見栄を張って威張ってる。

▼もう一回りやらかせと素見物

銭がかからないからいくらでも回れる。

▼吉原じゅうを遍歴して帰り

▼おかしさは素見の女房悋気（りんき）なり

廓を一回りしただけなのに、女房はもう嫉いている。

〔芋田楽（いもでんがく）〕不都合なり、男女の仲

親芋と子芋を一本の串で差し通した芋田楽という冗句で、聟が嫁とその母親を頂戴しちまう、俗に言う〝母娘（おやこ）どんぶり〟のことを、当時の符丁で表言したもの。江戸のある時期は養子や入り聟による縁組が多く、こうした不倫現象が少なくなかったのである。

▼聟どのや聟どのやとていやらしい

聟を大事に扱うのは結構だが、自分の娘よりその亭主の方が大事というのは穏やかではない。

▼可愛がり過ぎて養子を抱いて寝る

これはどうしても行き過ぎというもの。といって聟が嫁ばかり可愛がっていると、これが妙な八つ当たりで、

▼母親はわけも言わずに聟に拗（す）ね

こんな姑は始末に悪いが、上には上があるもので、

▼とんだこと聟の寝床に母の櫛（くし）

これを見つけたのが娘となると、問題はさらに大きくなる。
▼一つもの食い合って聟もめるなり
聟も少しは懲りたと見えて、
▼この儀ばかりはご用捨と養子言い
▼堅いやつ芋田楽の辞儀をする
少しは遠慮する奴もいる。ところが、
▼親のものは子どものものと芋田楽
と図々しいのもいれば、
▼芋畑親子引き取る太ェやつ
という凄いやつも出て来る。
▼おかしさは芋田楽で相孕み
親芋、子芋同時に妊娠するという不都合が発生し、
▼けしからぬことは養母が孫を産み
という破廉恥事件となり、
▼馬鹿なこと二人に聟を取ったよう
とひどい噂が立つ。そのうち、手を出すのは母親だけでなく、父親までが倅の目を盗んでその
嫁にちょっかいを出すようになる。

▼いびったりいじったりする二舅姑
姑が嫁をいびり、舅はいじる方である。
▼入聟の不埒は芋へ味噌をつけ
たとえ義理の親といっても、これと通じることは世間に味噌をつけるけしからんことになる。
四面楚歌の聟、周囲の目やら声やらに苛立つうち、ついに下女へ手を出して――。
▼入聟は下女も一緒に追ん出され
ここでとうとう、
▼堪忍袋の緒が切れ聟怒鳴り
家を出る決心をしたら度胸もきまり、
▼女房を出る気の聟は二つ打ち
殴られた女房こそ災難である。

〔絵島生島〕　恋は思案のホカケ船

七代将軍徳川家継の生母・月光院付きの奥女中・絵島が、歌舞伎役者・山村座の生島新五郎を贔屓にした挙句に密通――その密通が饅頭の蒸籠の中に新五郎を忍ばせ、男子禁制の大奥に担ぎ込むという大胆な情事で、
▼饅頭になるは作者も知らぬ知恵

ついに老中たちが粛清を断行、山村座は取りつぶし、絵島は信濃国高遠に流刑、新五郎は三宅島へ遠島となった。

▼買い食いが高じ饅頭取り寄せる

この事件以後、大奥に届いた十貫目（37・5kg）以上の荷は中身を調べることになったそうな。買い食いは人目に立つので、つい……。

▼蒸籠にあんに相違なものを入れ

〝案に〟と〝餡に〟の地口。中に入っていたものは、

▼饅頭の皮をかぶったいい男

▼人化（ひとか）して饅頭になるおもしろさ

本当に人間が饅頭に化けたら手妻よりおもしろいのだが、二枚目が出て来ては……。

▼箱入りの男というは新五郎

箱入り娘というのは世間にいくらでもいるが、箱入り男とは新五郎が第一号。それにしても箱に入るくらいだから大男とはとても考えられない。

▼新五郎大きな男とは見えず

蒸籠の中で新五郎は何をやっていたか？

▼蒸し暑ゥござりまするると新五郎

絵島の部屋に届けられ、蓋を開けられると新五郎、挨拶をしながら、

▼蒸籠の中で生やすの不届きさ
一物を勃起させているとは何事!?
▼蒸籠の底が抜けたらひょんな物
底が抜ければとんでもない物が転がり出るが、それも一度や二度じゃない。
▼蒸籠が度々に及んで底が抜け
幾度も運んでいれば蒸籠も傷んでくるが、しまいには絵島の好色ぶりに圧倒され、新五郎の腰が抜ける始末で、
▼蒸籠へ這いずり乗って帰るなり
翌日の舞台は足元も頼りなく、
▼蒸籠の明くる日所作の気っ怠さ
饅頭の食いすぎで翌日の舞台はさっぱり冴えない。そして数日後――。
▼いけねえ事その蒸籠待ち居ろう
ついに最後のときが来たか？
▼さればというを蒸籠で聞いている
「さ、い、い、れば中身を吟味致すか」

を聞いて新五郎、もはや生きた心地なく失神寸前である。

――その後、三宅島の女たちが一句、

▼島中の女が新さん新五郎さん

〔大一座(おおいちざ)〕いつの世も群集心理は……

▼弔(とむら)いを山谷(さんや)と聞いて親父行き

仕事が忙しいので葬式には伜を出そうと思っていたが、寺が山谷と聞いて親父大慌て。

「あんなところへ若い者をやったら、吉原へ遊興(あそび)にやるようなもんだ。危ない危ない」

てんで急遽自分が行くことになる。

昔から浅草方面には寺が多いだけでなく、千住の火葬場からも吉原は指呼の間だったため、弔いの帰り途に吉原遊廓へ大勢で繰り込むのが若者たちのコースであった。

▼弔いが浅草辺できついこと

これが大一座である。

▼大一座亡者も喜び給うべし

▼この仏さまもお好きと土手で言い

仏の供養どころか手前ェの供養が第一で、女郎買いが好きなのは自分のくせに、それは棚に上げて仏さまをだしに使ってる。

▼弔いの頭にしては光りすぎ

当初(はな)から「帰りは吉原」と予定しているから、頭髪の手入れも油のつけ具合も念入りにテカテカに出来上がっている。
▼町内の義理さえすむと大一座
「と、も、ら、いさえ済ましちまえば、もうこっちのものよ。さァくり込もうかい」
▼生長い経であったと土手で言い
「どうでもいいけど、ずいぶんと長ェ経だったなァ。欠伸が出て困ったぜ」
▼施主が聞いてるのに行くの行くまいの
まだ一行の中に施主がいるというのに、「おい、行くのかい？　行かねェのかよう？」と優柔不断な奴が責められている。
▼極楽へ皆行くという寺くずれ
極楽（廓）行きが決まると、今度は皆の懐ろ調べが始まる。
▼大一座土手で懐ろ聞き合わせ
翌朝になって銭が足りないなどは江戸っ子の恥さらしだ。
▼われわれも死に行くなどと大一座
あの「死ぬ死ぬ」という女の悲鳴を、俺たちも連発しようじゃねえかなどと乗り込んだものの、しょせん弔い帰りということが露見すればもてるはずがない。
▼大一座軒を並べて振られけり
今くるか、もうくるかと夜通し不眠で待っていたが、指名した女郎は「便所へ行ってくる」と

いったまま朝まで姿を見せない。「あんな小便の長ェ女てなァないね」
▼業腹が起こして回る大一座
▼大一座ふられた奴が起こし番
落語『明烏』でお馴染みのオチである。

〔姫始めと宝船〕お目出たく死ぬとは？

暦用語。正月二日、その年初めて夫婦の交わる日で、姫納めの対。正月二日の夜は宝船の絵を枕の下に敷いて寝るので、一般では姫始めと宝船の習慣が一緒くたになっている。
▼かかァどの姫始めだと馬鹿を言い
かみさんの顔を見ては昼日中から姫始めを連発している。元旦の朝酒がほどよく利いているらしい。あまりうるさいから一つすませると、
▼その味も相変わらずに姫始め
いつもと味がまるで変わらない。変わるわけがない。
▼姫始め恵方を向けと馬鹿亭主
恵方を向いた亭主、深々と頭をさげてからおもむろに開始したが、女房には何のことやら腑に落ちない。

「死ぬ死ぬという言葉は正月早々から縁起でもないので、忘れても口にするな」といわれた女房、

▼お目出たく死にますという姫始め
おめでたく死ぬとはこれいかに？
▼やかましやするにしておけ姫始め
吉夢を見るという縁起物の宝船の絵には『長き夜のとおのねふりの皆めざめ波のり船の音のよきかな』という歌が書いてあるが、この歌は逆さに読んでも同じ文句の回文である。
▼宝船逆艪（さかろ）にしても同じ歌
ふつうはそれぞれの枕の下に絵を敷くので、
▼正直に一人ずつ寝る宝船
となるのが、これが新所帯となると、
▼宝船乗合いにする若夫婦
どうしてもこうなる。
▼宝船しわになるほど女房こぎ
そこは姫始めとあって女房も大はりきり。枕の下の七福神はしわだらけである。
▼宝船だんだん波が荒らくなり
▼二日の夜浪のり船に舵（かじ）の音
▼紙屑の溜まり始めは宝船
こうして一夜が明け、宝船の絵もただの紙屑となるが、屑籠の中には濡れた紙や丸められたの

も混じっていて、七福神も眉をひそめているに違いない。

船の上に乗っていたときは、

人間の営みに耳をそばだて、

▼福神はするを見給う二日の夜

▼長き夜の口説七福神は聞き

あげくのはてては興奮の絶頂の奇声まで聞かされ、率直な感想が、

▼佳きかなに七福神も呆れ果て

〔三つ道具〕魚の中からお宝が出る

▼結構な宝は鯛の三っ道具

鯛の頭骨の中に、鋤と鍬と鎌の形に似た三箇の骨があって、俗にこれを「鯛の三っ道具」という。

鯛のあら煮や潮煮を前にして酒が始まる。飲み手たちはここでしばしやりとりがあって、しきりに箸を動かしながら、鍋や皿の中の骨を突っついて例の三種の骨さがしに夢中になる。これは今でも、関西や関東でこの酒興の遊びが行われているところがあるという。

▼鋤鍬を掘出す鯛の盆の窪

盆の窪とは、うなじの中央のくぼんだところ。鯛の首のあたりの骨の中から、目を皿にして探

し出すわけだ。さぞや酒席は賑やかなことだろう。

若狭地方（福井県）の農村では、農家に欠かせない三つ道具を持った鯛を大事にして、田植えのあとの休日に鯛を柏餅と並べて神棚に供え、その年の豊穣を祈念するという習わしがあった。

▼ご加増へ農具を持った魚が来る

▼ご加増を鋤鍬のある魚で賀し

武士が給料として支給されている領地や扶持米（ふちまい）が増加することは大変な栄誉であり、そのお祝いとして贈られる品には鯛が最もふさわしいというわけ。

▼鋤鍬鎌は百姓にわかりかね

毎日畑で使っているものだが、それを鯛が持っているなんて百姓には思いもよらないことだ。

▼下戸の畑で鋤鍬を掘っている

甘党の家では鯛の潮煮などは食べないから三つ道具も出て来ない。

▼ずぶ六の客へ鍬鎌素湯で出し

酔ってへべれけの客に潮煮を出しても三つ道具を探せるはずがない。

▼みす紙の畳紙（たとう）に禿（かむろ）三つ道具

この三つ道具を財布の中に入れておくと、小遣い銭に不自由しないという俗信があって、貰った禿は早速懐紙に包んで財布の底へ。

▼鯛ひさぐところお江戸の三つ道具

これは『日に三箱散る山吹は江戸の華』で知られる三つの千両箱の散るところ「吉原、芝居街、魚河岸」が江戸の三つ道具。

▼目出たいは隠居達者な三つ道具

この三つ道具は正に「歯・目・魔羅」に違いないが、なかには、

▼目も耳も歯も良けれども残念な

肝心なものが欠けている三つ道具もある。

〔ふんどし〕 男にも女にも使われる

大晦日の夜更けに銭百文をふんどしに包んで、人に見つからないように四つ角で捨てると、その年の厄を払い落とすことができるという風説があった。そのふんどしを拾った人に厄が乗り移るというわけである。

▼四つ辻に抜身で厄を切り抜ける

ふんどしを捨てた以上は抜身となる。

▼ふんどしをしめたと拾う厄払い

ふんどしを拾うくらいだから、まずはルンペン同様の奴だろうが、百文のおまけ付きとあれば思わず「しめたッ」となる。ふんどしだから〝締めた〟は洒落である。

▼紛れふんどしで嬶をふんじばり

見たこともない他人のふんどしが寝床に紛れこんでいれば、これはもはや女房の浮気を疑う余地もない。

▼紛れふんどしへ去り状添えて出し

離縁状を付けて女房にそのふんどしを突きつけてやる。

▼越中がはずれて隣りの国を出し

越中（富山）ふんどしがはずれたので、隣りの越前（福井）＝包茎＝が顔を出したという滑稽句。

▼ふんどしがまず手がかりと亭主言い

すんでのところで間男に逃げられてしまったが、その場に残して行ったふんどしこそ何よりの証拠だと亭主は吠える。しかし見たこともない一本の汚ないふんどしで、果たして犯人を絞り出すことが出来るのかどうか？

▼ふんどしをひねくり回し一分出し

「確かにここへ縫いつけておいたはず――」とふんどしの縫い目を躍起になって調べている客。それが全財産だとはケチな登楼客もあったものだ。

▼新しいふんどしをして外科へ行き

当時は女の湯文字（腰巻）のこともふんどしと言った。ふんどしを新しくして医者へ行くのは下の病気と決まっており、下女は中条（その項参照）へ行くときは新品をねだったという。

▼二十八からふんどしは白くなり
遊女の湯文字はほとんど緋縮緬と決まっていたが、二十七歳で年季(ねん)が明け、礼奉公を一年すませて二十八歳で堅気になると、湯文字も白い物を使った。
▼身がままになるとふんどしまで白し
自由の身になってふんどしまで純白！
▼ふんどしも解いたに息子大はまり
湯文字まで脱いでの大サービスに、堅物の息子が家へ帰れなくなるのはあたりまえというものである。

〔つめる〕 つねるにも下手と上手と

柳多留や末摘花など古川柳の世界では「つめる」と表現しているが、意味は「つねる」と同じである。継母が先妻の子を憎らしがってつねるのも、つめるであり、惚れてる男の浮気を責めて股のあたりをやさしくつねるのもつめるである。
▼下女の尻つめれば糠の手でおどし
つねるのは尻と決まっており、しかも女性の尻をつねるのは「な、いいだろ?」という要求を伝えることで、糠味噌桶を掻き回しているとき、しゃがみ込んだ下女の尻をつねろうものなら、糠味噌だらけの手で張り手を食らうこともある。

▼不承知な下女沢庵で食らわせる

岡惚れしている若旦那ならともかく、醜男の手代につねられたりしたら、持った沢庵で横っ面をバシーンッ。

▼親につめられて娘は喜ばず

お仕置きでつねられるのがうれしいはずがない。尻をつねって喜ばれるのは若い二枚目である。

▼陽にぶち陰につめって出来かかり

つめられた娘は「あら、いやらしいこと」などと男の肩を着物の袖で大仰にぶったりするが、胸の裡は気もそぞろで、

▼口説かれた片手は畳むしってる

てな具合である。

これが生娘ならまだしも、万が一に人妻の尻でもつめったりしたら事は重大で、暴行容疑がかかりかねない。

▼うっかりとまだ娘っ子の気でつめり

まさか、あまり若くてきれいなので娘さんと間違えました——と、

▼お内儀をつめりおどけにしてしまい

アハハと笑ってあとはお道化の一手だ。

▼いい女房つめった人を言いつける

「よくも俺の女房をつめったな」と、昨日の友は今日の敵。

次は気の弱い男の三態。

▼堅いやつ豪気に尻を引っつめり

「つねってやれ」と仲間に背を押された堅物、加減がわからず思い切り娘の尻をつめったから、娘は悲鳴をあげる始末。

▼許嫁（いいなづけ）やっとのことでつめって来

箱入り息子の許嫁。呼吸をととのえ、意を決してそっとつねつね、とは情けない。

▼よくよくの生酔い花嫁をつめり

披露宴の席で少量の酒に酔った岡嫉きの男、つめってみたら本物の花嫁の尻とあっては、もう謝りようがない。

〔雪隠（せっちん）〕トイレにも物語りあり

便所のことを今でもせっちんという下町の長老がいる。便所掃除を命じられた他に何の才能も無い霊隠寺（れいいんじ）の雪竇（せっとう）という小坊主が、命を賭けて磨き上げた便所が、その清潔さと美しさで評判をとった。寺の名と小坊主の名から一字ずつとって、便所を雪隠と呼ぶようになった。

江戸時代の長屋の便所は後架（こうか）といい、そうとう高額の長屋でもないかぎり個別の便所は無く、数戸で共同使用の惣後架が普通だった。

▼内後架つけたで囲い嫌われる
旦那に無理をいって室内に後架をつけてもらった囲い者が、周りから悪口をいわれた。
惣後架は密会の場としても便利であった。
▼雪隠を一人出てまた一人出る
これが、それである。いわゆる〝臭い仲〟というやつだ。中にはとんだどじもいて、
▼べらぼうめ後架へ二人どさら落ち
あんまり夢中になった二人、つい力が入りすぎて床板が割れ、逃げることも何もかなわずドボーン、バッチャンッ。
▼雪隠で忍び逢うとはくそたわけ
野次馬はいいたい放題である。
▼心待ち下女出次第に垂れている
いとしい男を待っているうち、出物腫れ物は我慢できない……。
▼雪隠の戸を押さえ不義者めっけ
とうとういい男との不義の現場を亭主に押さえられ、雪隠詰めで運の尽き。
▼灯明のある雪隠に度々かくれ
惣後架のそばには常夜灯が必ず点いていたので、手代と下女は幾たび隠れ逃がれたことであろうか。

▼雪隠でよけいな紙を嫁はもみ

夜の床で使う紙を、姑に気づかれないように昼のうちから雪隠に入ってもんでおく、という用意周到さ。それでも相手は百戦錬磨の姑のこと、

▼後架の内でも姑女（しゅうとめ）は耳を立て

これではとうてい敵わない。

▼垂れながら下女くり返し巻き返し

色男からの恋文を下女は幾度もくり返しては読む。

▼大難儀どの雪隠もえへんなり

急いで駆けつけて戸を叩くと中からえへんという返事、慌てて隣りの戸を叩くと、これもえへんえへん。もう我慢ならず、雪隠の戸の前で用を足していると中から出てくる様子、これを外から押さえて「えへん、えへん」とはとんだ仇討ちの早いこと。

第五章　商　売　篇

〔銭湯〕小町見たさにてんやわんや

折りからの温泉ブームとあって、男女混浴風呂のある温泉が人気を集めている。といってもそこかしこにざらにあるというわけにもいかず、山間の湯治場あたりが狙い目だそうな。この混浴風呂を江戸時代は入込湯といい、

▼山の手の湯は女人とてへだてなし

とあって下町より山の手の湯に多かったらしい。

過日、東京から新幹線と在来線を乗り継いで四時間ちょっとで行ける地方の温泉旅館で思いがけない体験をした。夕食前の五時ごろで、かなり大きな浴場に先客はまばらな中年初老の男が七、八人。のんびり湯につかっていると、間もなく脱衣場の方から異様なざわめきが起こり、次には驚くなかれ十六、七歳のピチピチした娘っ子が二十人ほど、なだれのように入ってきたのである。

これは結構な景観でしたねえ。いずれも栄養のいきとどいた肉付きのいい体で胸はプルンプルン、乳首はピンク。数をたのんだ安心感があってか胸も下も隠そうとせず、プール遊びでもするような陽気さでオッパイと春毛のオンパレード。おそらく浴室を間違えたのだろうが先生らしき

人もいないし、われらオジサン族はしばし湯船に首までつかって唸るばかり。

▼おやかして萎えるまでいる風呂の内

そんな男も三、四人はいたらしいが、ともあれわずか五、六分で先客連が逃げ出した珍無類の寸劇であった。

▼入込（いれこみ）は抜き身蛤（はまぐり）ごったなり

抜き身は剥身（むきみ）の地口で男、蛤は女、ごったは「ごった煮」のごったである。

▼入込の女大海を手でふさぎ

大海の持ち主は大年増のことか？

▼抱いた子を蓋（ふた）にして出る石榴口（ざくろぐち）

石榴口は洗い場と浴槽の間にある衝立（ついたて）のような板囲いで、これをくぐって内部に入る出入口のこと。幼児を手拭いの代わりにするなど手慣れてる。くぐり板の向こうは薄暗い浴槽で、すぐ猿のような手が伸びてきて娘の尻を撫でる。

▼猿の手に呆れて娘湯を上がり

これを間違えて女房歴十余年という古女房の尻でも撫でようものなら、

▼つねられてかかあ湯風呂を鳴り壊し

▼千摺（せんず）りを掻けと内儀は湯屋で鳴り

浴室中に響きわたる声で怒鳴り上げる。

▼石榴口　蛙(かえる)鳴くなり毛切石
入込湯には毛切れ防止のための軽石ようの石が用意されており、この石を摺り合わせて陰毛を切った。その音が蛙の鳴き声に似ていたところから、
▼湯屋で鳴く蛙は怪我(けが)をせぬ手段(てだて)
中には女でも真似をするものがいて、
▼要らぬこと女房石でさねを打(ぶ)ち
余計なことはしない方がいい。
▼銭湯で豪気に抜き身ふり回し
湯屋の喧嘩は全員が抜き身だから危険千万である。
▼女湯の湯番とうとう気虚(ききょ)になり
いかに湯屋番の役得とはいいながら、あまり気を入れて見すぎたせいか、神経衰弱症（いまのノイローゼ）になってしまった。
▼しょうことがないと湯屋から握って出
風呂屋専門の泥棒である板の間稼ぎにごっそり着物を盗まれ、仕方なしに小伜を握って裸で帰る羽目になり、時には、
▼手拭いを当てて湯番をにじている
にじるは苦情（文句）をいいつのる図。手拭いで前を押さえているのがおかしい。

庶民の銭湯とは異なって、大名ともなるとお湯殿となる。湯殿付の女中衆というのがあって、大名はこの湯殿でお気に入りの腰元などと混浴？　を楽しんだ。

▼お湯殿でそちも入れとおじゃらつき

玉の輿を目当てに殿のお手付を心待ちしている腰元衆は、

▼お湯殿は股に白粉ぬって出る

内股まで白く塗りたくって指名を待った。

▼いたずらなお手とお背中流してる

殿さまは背中を流させながら、手の方は腰元の妙なところへ伸びている。

▼お背中をきつく流すが返事なり

ぎゅっと押すように流して一件承知。

▼ことありと見えてお湯殿静かなり

湯殿がシーンと静まり返ってしばし。

▼上気した女中お湯殿あけて出る

さてもう一度庶民の入込湯に戻り、

▼入込を好む若衆の声が張り

何を期待しているのか、若い連中の声がやたらに張り切っている。それもそのはず、町内の小町といわれるたばこ屋の看板娘がいま湯屋に入ったという臨時ニュース、

▼かの娘来たで湯ゥ屋は割れるよう

一同、上を下への大騒ぎで、見逃がしてはならじと湯屋の隣家のおやじさん、

▼銭湯へ隣りの亭主押さえて来

いくら隣人とはいえ、丸裸で前を手で押さえただけで駆け込むという図々しさである。

〔出合茶屋(であいぢゃや)〕不忍の池で忍ぶはもっともな

密会というと今ではずいぶん大げさなひびきをもって聞こえてくるが、逢引きのこと。惚れ合う男女が人目を忍んで逢うといえば、今も昔も変わらない。終戦後から乱立した簡易旅館、連れ込み旅館、そしてラブホテルなどを称して江戸時代は出合茶屋といった。

各地の盛り場のはずれにちんまりと建っていたが、なんといっても有名だったのが上野の不忍(しのばず)の池の畔(ほとり)にずらりと建ち並んでいた出合茶屋である。池の周辺から湯島の丘にかけて二十一世紀の現在もラブホテルが林立しているが、どうやら池や森などの環境から地形、街並みの雰囲気、散歩道のようなものまで、一種格別に色っぽくできているようなところが湯島界隈にはある。大仰にいえばこれも色街文化の伝統というものだろうか。

▼不忍といえど忍ぶにいいところ

人目を避けて恋のひとときを過ごした人たちがいかに多かったか。

▼不忍の池で忍ぶはこれいかに

▼池の名にそむいて池の茶屋を借り

▼蓮を見に息子を誘ういやな後家

つまり、蓮見に誘われることは茶屋でゆっくり火遊びを楽しもうという謎で、この場合の息子とは娘の夫、聟殿のようである。義父亡き後の家で義母は最高の権力者、いうことをきかなけりゃあとが怖い……。

▼出合茶屋危うい首が二つ来る

▼出合茶屋主従で来る不届きさ

そのころ主従の密会が露顕に及んだ場合は首が飛んだ。人妻の不倫なら二つに重ねて四つに斬られても文句がいえなかった。これほどまでに危険を犯して燃やした恋情の強さは、だから死をも厭わないほどのものだったのかもしれない。少なくても平成の今日、カラオケバーで知り合ったばかりの既婚の男女が、あっさりラブホテルへしけこんでしまうなどという安直なものではなかっただろう。

▼出合茶屋男の変わる面憎さ

いつも必ず違う男と来る女がいて、茶屋の女中たちの評判がよくない。「あの女、また違う男を連れてきたよ」「おとなしそうな顔をしてるのに、やる方はたいしたもんだね」「面憎いったらありゃしないよ」

▼先に来てめんどり池で待っている

二人同伴で入ると人目に立つところから、女の方が先に来て男を待っている。池の白鳥を見やりながら、

▼白鳥の首ほど伸ばし待っている

女中たちの客評定も次第にエスカレートしてくる。

▼欲深きあんなものをと出合茶屋

「今の男は色白の二枚目なのに、なんであんな団子っ鼻のブスとつき合うんだろうねえ」

「そりゃ欲にきまってるわ。団子っ鼻のお金が目的なのよ。そうでもなけりゃだれがあんな女の相手なんかするもんかね」

▼出合茶屋御殿とそしてツテンなり

▼むずかしい帯をとかせる出合茶屋

御殿とは御殿女中、ツテンは三味線で芸人のこと。御殿女中の帯は例の御殿結びという厄介なやつで、いざ帰るとなるとああでもないこうでもないと大騒ぎ。当今のギャルたちも正月や成人式など、脱いだ和服の着付けができなくて『着付けいたします』という看板の出ているホテルを確認してから投宿するという念の入れようである。

▼明日はもう上ると出合しつっこさ

▼今ので三度ぎしつく出合茶屋

宿下がりの奥女中で明日は大奥へ戻らなければならない。となると当分は味わえなくなるこの

禁断の味、もう一つもう一つが重なって、しまいには、
▼出合茶屋あんまり泣いて下りかねる
大きな声を連発したので女中たちに顔を見られるのが恥ずかしいけれど、昔から女の方がたくましく、男の方がだらしないのが相場だったようで、
▼出合茶屋いけまじまじと手を洗い
▼出合茶屋男は半死半生なり
そしてラストシーンは……、
▼女のあとから弱り果てた男

〔玩具(がんぐ)〕＝四つ目屋(よつめや)・小間物屋(こまものや)　少しずつ小さいのを出すのが要領

江戸時代、両国の薬研堀(やげんぼり)に四つ目屋という性具、性薬の専門店があった。登録商標が黒行灯(くろあんどん)の『四つ目結い』という紋だったところから四つ目屋。宇治川先陣争いの佐々木高綱の紋所と同じで、「四つ目」と「佐々木」から落語界や髪床業界では数字の「四」を「ささき」という符丁で呼んでいる。

四つ目屋で売っていた性薬の中で、媚薬として最も有名だったのは長命丸であった。これを名のとおり長生きの薬と思い込んで、
▼名に惚れて長命丸を姑飲み

息子が抽斗（ひきだし）にしまいこんでいたものを婆さんが見つけて服（の）んでしまった。いかに長命の秘薬といっても、毎日用いていると逆効果になるらしく、

▼長命の薬齢（よわい）の毒となり

殿のお供で江戸へ出て来た田舎侍、長命丸を二人前服んで手ぐすね引いて待っていたが、侍てど暮らせど買った娼妓が顔を見せない。そこで、

▼やい喜助長命丸が無駄になる

廓の若い衆を怒鳴りつける始末だ。

▼四つ目屋の試（こころ）みに下女されるなり

この薬がどれほど効くものか、まず下女に使ってその効果を確認しようという経営者側の作戦。

▼四つ目屋の近所は結句（けっく）不自由なり

近所に住んでいると顔を知られているのでなかなか店に入りにくい。

▼買いにくさ四度（たび）通ってやっと買い

今でもゴム製品などは買いにくいもの。

▼四つ目屋は顧客（とくい）の顔を知らぬなり

買い易くするため店内を薄暗くして、互いの顔がよく見えないようにしている。

▼四（よっ）つ目があり買いにくい薬なり

ところが中には泰然自若たる女房がいて、

▼きつい女房両国で買って来る
男の方はだらしがない。
▼頼まれて来たとあやまる弱い客
自分が買いたいくせに、人に頼まれてきたと赤くなっていいわけしている。
▼もう売り切れましたと薬種屋（くすりや）大笑い
四つ目屋と間違えて隣りの薬種屋へ飛び込んできた客をからかっている。
▼四つ目屋で効能を訊（き）く浅黄裏
どんな効果があるのかと根掘り葉掘り問いただしている田舎侍に、呆れ顔の店主。
▼盗みものにはご無用と四つ目言い
例の一盗二婢三妾四妓五妻のとおり、盗品の人妻は風味抜群であるから長命丸を用いる必要はないと、四つ目屋の主人も正直だ。
▼佐々木家にかぶととそのほか責め道具
佐々木家とは同じ紋所から四つ目屋のこと。薬だけでなく兜形（かぶとがた）、鎧形（よろいがた）などの婦人責め道具も用意してあるという次第。最上品はベッコウ製の張形、並製が水牛製。頭の部分にかぶせるのが兜形、胴部分に付けるのが鎧形。
▼夜戦（よいくさ）に小兵はよろいかぶとなり
どうやら短小コンプレックスの殿方がご愛用だったらしく、

▼お腰元お兜ならばいやという

あまり人気はなかったようだ。

▼兜より鎧がいいと妾言い

この鎧には避妊の効用があったというが理由は判らない。これらの品を仕入れて売り歩いたのが小間物屋である。後家や長局（ながつぼね）の奥女中をお得意にし、男性に不自由する女性の味方になって男の代用品を秘かに売りさばいた。

▼小間物屋うやうやしくも蓋をあけ

▼風呂敷で半分包む小間物屋

思わせぶりにもったいをつけ、

▼これかえと拳（こぶし）をしゃくる小間物屋

▼生き物のように動かす小間物屋

商売熱心で弁舌もさわやか、

▼上ぞりは値が張りますと小間物屋

▼長いのははやりませぬと小間物屋

男子禁制の大奥では奥家老も見て見ぬふりである。

▼椎茸に松茸を売る小間物屋

椎茸たぼに結った奥女中に松茸型の逞しいのを売りつける。椎茸と松茸の好取り合わせ。

▼一本で日を暮らしたと小間物屋

一本売れば一日楽に暮らせたという小間物屋の懐中は、だいぶ潤ったらしい。売り方のこつは、最初に特大の張形を見せると「まァ、そんな大きいのは」と顔を赤らめるから「それでは」と少しずつ小さいのを見せる。始めから小さいのを出すと「もっと大きいのを」とは恥ずかしくていえないから、少しずつ小さいのを見せるのがこつだという。注文品がこうして徐々に大きくなっていく。

▼買い替えるたび太くする奥女中

▼張形で在(いま)すがごとく後家よがり

〔芳町(よしちょう)〕 裏門は弘法、表門は親鸞

その昔、男娼を陰間(かげま)、またの名を若衆、野郎、さらには鬼などと称した。まだ色気が十分に残る後家さんは木挽町、二町目で歌舞伎役者と逢引するか、その後（明和・安永）にできた陰間茶屋に人気が集まって、芳町へ通いはじめた。

芳町の茶屋には陰間の数が二百三十人。これが本来は男色をひさぐ売り若衆で、寺院で禁欲生活を送る坊さんや、暇を持て余していた侍が得意客であった。陰間の年齢は十二、三歳から十七、八歳の美少年たちで化粧をさせていた。

この少年たちが二十歳をすぎるころから、いつか浮気な後家や男日照りの奥女中などを客にと

るようになっていった。

▼芳町へ俗の行くのは末世なり

と僧侶たちは嘆いたが、

▼女でも男でもよし町と言い

▼芳町は坊様ござれ後家ござれ

▼芳町の客女人とてへだてなし

と強気そのもので、

▼背に腹を代えて芳町客をとり

▼振袖を着して後家の相手なり

若衆なるがゆえに振袖を着てのサービスをする。

▼芳町で年増の方は二役し

これは坊主の相手と後家の相手を勤めることで、

▼芳町は和尚を負ぶい後家を抱き

というわけ。中には中年すぎの後家にとって若い陰間では十分に満足できず、

▼十八ぐらいの鬼では後家足らず

食い足りないというので茶屋の方も「芳兵衛」とでもいいそうな大年増を用意する。

▼芳町は化けそうなのを後家へ出し

▼芳兵衛と言いそうなのを後家は買い
化けそうなのというのは年を食った陰間のことで、奥女中や色後家が顧客である。
▼用立たぬ釜を御殿が買いにくる
▼大釜は後ろの家へよく売れる
後ろの家とは後家のシャレ。
▼芳町へ行くには真似をせずとよし
吉原の廓へ行く場合、坊さんは医者の姿に化けて登楼するが、陰間茶屋なら坊主のままで化ける必要はない。

中には荒淫で男まさりの後家さんもいて、散々いたぶられて悲鳴をあげる陰間もいる。
▼女客陰間をえらい目に遭わせ
▼もうもうお許しと陰間後家に言い
どんな難題をつきつけられたのか？
▼後家へ出す陰間は一本使いなり
若いうちなら両党使いも利いたが、年を食っては後門はもうご免、とは辛いこと。

こうした好色の浮かれ後家にも悩みはあった。時たま陰間の子を妊娠することだった。遊びの果ての子を産んだら世間にも顔向けができなくなるから、中条流の世話にならざるをえない。
▼中条でたびたび堕ろす陰間の子

▼ごもっともさまと中条後家に言い

中条流（『中条先生』参照）は堕胎手術専門で蔵を建てた女医である。「ごもっとも」と同情を寄せた中条も後家さんだったのかもしれない。

男色は弘法大師に始まるというのは徳川時代以来の俗説で、川柳の世界ではこれをねたに大師を大いに冷やかしている。

▼弘法はこれが好きだと阿弥陀言い

▼弘法大師の御作なり陰間

とりわけての傑作が、

▼弘法はウラ親鸞はオモテ門

大師が裏門に親しみ、聖人（しょうにん）は正妻の前門を入手したというわけか……。

中国の男色の歴史は大変古く、周礼（しゅらい）や春秋に記録があり唐の時代には男娼が存在していたという。日本の留学僧が長安や洛陽の盛り場へ唐の不良僧に案内されたろうことも想像に難くない。

こうして留学僧＝指導者階級の僧侶＝公家社会＝武家階級へと流行し、その本元は寺院とされた。唐で勉学した坊さんのトップは弘法大師。留学僧から広まった男色の風潮は彼らのトップによって伝えられた——との風評により大師に帰せられてしまったという、まこと弘法さまにとっては迷惑な話であろう。

▼渡天から空海とんだとこを掘り

渡天(とてん)は「天竺(てんじく)へ渡る」の意。

〔狐(きつね)と狸(たぬき)〕果てしなく悲しい化かし合い

古川柳の世界で狐と狸といえば、狐は女郎で狸が嫖客(ひょうきゃく)と定まっている。

▼化けてきた狐狸を起こすなり

狐は惚れたふりをして狸を起こし、狸は寝たふりをして双方で化かし合い。

▼馬鹿らしい狸は古い起きなんし

狸寝入りは古い手だと狐の方が見抜いている。どうやら狐の方が一枚うわ手らしい。

▼子狐の知恵に狸はこそぐられ

子狐とは禿(かむろ)(遊女の雑用をする少女)のこと。廓(くるわ)へ来る男は女に飢えている風を見せまいとして、女が来るまではほとんど狸寝入りをしているが、これは女の方も充分承知しているから、禿に腋をくすぐらせて狸寝入りは露顕する。直接花魁(おいらん)が来たときは、

▼みす紙で狸の顔を二つぶち

みす紙は御簾紙で鼻紙の上等品、閨房用の柔らかい紙だから、

▼おいらんの紙では鶴は出来ぬなり

とても折紙の役には立たない。

▼みす紙で狐狸の顔を撫で

顔を撫でられたりこすられたりして、ぼんやりと身を起こしたところへ、

▼起きなんしなどと狸へよりかかり

女が男に甘えるように寄りかかるのは、まず騙し作戦開始のパフォーマンスである。ところがこの社会、狸の中にも凄腕の古狸がいて、

▼狐をば化かして帰る古狸

あべこべに女狐を化かしちまう狸もいる。

▼客は眉女は目元に唾をつけ

男は騙されないまじないに眉へ唾を塗り、女は目元に唾をつけて泣いたふりをする。互いにいい勝負の騙し合いだが、古狸ともなれば場数を踏んでいるから、口の中の唾がただの唾じゃないことをとっくに承知の上で、

▼口から出るは傾城の涙なり

ちゃんと見抜いてる。

狸寝入りか本当に寝ているのか、それを見分けるには、

▼狸のいびき荒くなり低くなり

ちょっと耳を傾ければ、いびきの高低の差がはっきりしているのがよくわかり、起きている証拠である。

いつまで狸をやっていても女はなかなか来ない。いい加減むかついているところへ、

▼むっとした耳にかすかな上草履

廊下のはずれからパタン、パタンと幽かな草履の音。しめたと思ったのはそのときまでで、

▼上草履隣りまで来てとどこおり

ピタリと隣室の前あたりで停滞し、もうそれっきり。

▼待ち侘びる耳へ蛙の声ばかり

裏の吉原田圃では蛙の合唱しきりである。

▼上草履脱いだを聞いて空寝入り

空寝入りも狸寝入りと同じ。待ち兼ねた草履の音が戸の前で止まったので、起きていたんじゃみっともないとただちに狸寝入りにはいると、

▼寝たふりを覗いてどこかまた失せる

▼寝たふりを上手にしたで女郎来ず

狸寝入りがあまりうまいのも考えもので、

▼寝たふりが過ぎて来たのを取逃がし

通人ぶった痩せ我慢の狸寝入りをまんまと見破られ、

▼長くした首を縮める上草履

首を伸ばして布団を覗き込んだ花魁、舌をぺろりと出して一目散にドロン。

▼灰吹に狸の尻っぽ煙ってる

まだ煙草のけむりが煙ってるのは、今まで男が起きていた証拠であり、手洗いへ行ってくると言って戻って来ない女も、

▼狐の小便牛よりもまだ長い

その小便の長いこと、他の客を廻っていたに決まってる。

▼はやるやつ夜中出見世を歩いてる

苛々そわそわの振られ男は、廻し部屋の中を歩きまわるばかり。

▼おかしさは狸を化かす油注(つ)ぎ

一人寝の廻し部屋の行灯(あんどん)に油を注いで歩く二階担当の若い衆は、「今晩は」といって返事も聞かず部屋へ入ってくる。女が来たものと早とちりした客は慌てて寝たふりをして大いびき。薄目で見ると若い衆だから、頭へ血がのぼって、

▼おきゃァがれ油注ぎ奴(め)が上草履

落語の『五人廻し』を彷彿させる。

〔枕絵(まくらえ)〕どこが違う？　枕草紙と枕草子

江戸時代にはもちろんポルノ写真は無かったから、その道の娯楽といえば枕絵であり、貸本屋が持ち込んでくる枕草紙であった。

▼枕草子の間違いで恥をかき

枕草紙は艶笑本であり、枕草子は清少納言が書いた随筆であって大変な違い。これを貸本屋の若い衆は、

▼清少納言御筆(おんひつ)と貸本屋

紛らわしい言い方で図々しく商(あきな)って歩いたという。

性に関することは親子の間でもなかなか話題にしにくいもので、昔の親は娘の婚礼の際には秘かに枕絵を娘に持たせるものが多かった。

▼貸本屋これはおよしと下へ入れ

いろいろな種類の本の中から枕絵を取り出し、わざとのようにチラッと見せて下の方へ隠す手口が憎らしい。

▼放(はな)しゃれと四五冊隠す貸本屋

▼枕絵を見せてつけこむ貸本屋

ちょいと質の悪い貸本屋は、純情な娘に向かってからかうように、

▼婚礼をするとこうだと本屋見せ

そこへ娘の交際相手の若い衆が現れて、本屋の脇腹を小突き、

▼貸本屋何を見せたか胴突かれ

本屋は荷を丸めて逃げ出した。

今度は幼女づれの乳母を相手に商売開始。

▼貸本屋乳母に見せなとあけて出し
子どもを利用して乳母に売りつけようと、本を子どもに持たせる。子どもに見せてはならない本だから、おんばさん大慌てで子どもに菓子を与え、
▼煎餅でやっと枕絵とり返し
子どもに見つかってはまずいので、親はいつも本のしまい場所を変更する。
▼枕絵は毎日変わる置きどころ
ところが、いくら場所を変えても子どもの眼と勘は鋭い。
▼あたり見て絵のあるところ娘開け
息子が一室にこもって読書していたら、部屋の向こうで足音がする。
▼足音がすると論語の下へ入れ
読んでいた枕絵を論語の下に隠して知らん顔、これは息子の勝ちだ。
▼だんびらへ反りを打たせる具足櫃
具足櫃は鎧・甲冑などの武具を入れる大きな箱で、米櫃などのように上に開く蓋が付いている。

昔の武士は武運長久を願うため、まじないとして具足櫃の中に枕絵など笑話本を入れておいた。

櫃の中の枕絵を見ているうちに、おのれのだんびら（身幅の広い刀剣）が徐々に伸び上がって反りを打ったという……。
▼土用干ごく内々で拝ませる

土用干のときはきわめて秘蔵の物品が具足櫃の底の方から出てきて、口うるさいお偉方の居ないときなど若侍に笑いが絶えない。

▼お虫干家老が居ぬと高笑い

子どもや来客にも注意が肝要で

▼具足干す息子きょろきょろ四五枚見

その盗み見の速いこと。来客の方はそれなりに気を利かして、

▼暑気見舞い枕絵などは見ぬふりし

羽織を質に入れるとき、羽織の紐も添えて入質すると値をよくしてくれると聞いた男、具足を質入れする際に枕絵も付けてやったところが、

▼枕絵を添えても質屋値にふまず

色をつけてくれなかった。

▼七っ屋は枕絵ともにぶち殺し

〝七っ屋〟は字の通り質屋、〝ぶち殺す〟は入質用語で「羽織をぶち殺した」などという。

▼かの物へかの本を添え小間物屋

〝かの物〟とは、御殿女中のために小間物屋が内証で売り込んでいた水牛製の秘具。〝かの本〟はサービスに持参した笑話本である。

中国の昔、万里の長城を連結させた秦の始皇帝は、焚書の刑で医・易・種樹関係以外の書物を

焼却させたが、
▼枕草紙はかまわぬと始皇言い
とは川柳子の推量句。だが、その一方に、
▼枕草紙もならぬぞと始皇言い
と反対句もあるのはどうしたことか？

〔猪牙舟（ちょきぶね）〕目指すは山谷か深川か

猪牙（ちょき）舟を略して猪牙。屋根が無く吃水の浅い、舳（へさき）の尖った小船で、吉原や深川通いの嫖客が利用した高速船である。これが櫓（ろ）を二挺、三挺とつけるとさらに速くなる。長吉という男の発明で長吉船、これが訛ってチョキ船。横から見たところが猪の牙に似ているからなどといわれたが正否不詳である。

〝猪牙で行くのは深川通い〟という深川節がはやったが、深川が開ける以前は多くの江戸っ子たちは猪牙で山谷堀へ向かったので、山谷船の名も残っている。

この猪牙に対抗したのが駕籠で、担ぎ手三人で三枚肩、四人で四枚肩（四ッ手駕籠）という威勢で大門へ駆けつけた。見栄と贅沢のなせるわざで、
▼金銀を猪牙と四ッ手で捨てに行き
と川柳子に笑われている。

▼猪牙に乗る息子親父の手に乗らず

親父の意見などどこ吹く風で、

▼舟までがほっそりしたのを息子好き

細身の花魁が忘れられない。

▼ひらり乗る猪牙は元手の要った奴

元手をかけた道楽者は飛び乗るようで見事だが、

▼江戸っ子の生まれぞこない猪牙に酔い

猪牙で船酔いするようなやつは遊ばない堅物の証拠で、そういう男は、

▼船嫌い一人は川の渕を行き

と別行動となるが、そこは遊び仲間のこと。

▼船と陸割れても末は衣紋坂

ちゃんと吉原で落ち合う寸法で、崇徳院の『われても末に逢わんとぞ思う』の伝である。

小さい舟で試みる小用は難しいもので、

▼猪牙で小便千両も捨てた奴

これを器用にこなせるやつは、この遊びに小千両も費やしたに違いない。

▼猪牙へ寝て夢は二階をかけめぐる

吉原の二階で見る夢のことで、芭蕉の辞世である『旅に病んで夢は枯野をかけめぐる』を利か

せている。ところが本当の心は、

▼女房の怒った夢を猪牙で見る

もう一方で女房のすねた捨て台詞、

▼風邪(かぜ)引かぬように召しませ猪牙とやら

そして、旦那の供(とも)でついていった使用人に、女房がカマをかけて、

▼飛ぶような船であろうと問い落とし

猪牙の多くは神田川ぞいの岸から出て、山谷堀（吉原行き）か深川の岸に着いた。柳橋は双方の分岐点であり、船の発着所を船宿(ふなやど)といった。そして深川の芸者を辰巳芸者、吉原の花魁は北国菩薩と呼んだ。

▼辰巳へも北へもなびく柳橋

柳橋の船宿から出る猪牙は深川へも吉原へも通い、

▼突出すとぐるり猪牙舟北へ向き

とくれば、これは吉原行きである。

船宿で船を待っている間に一杯酒が入る。船宿のおかみは世慣れしていて愛想よく、万事如才ない。芸者との恋文の仲介もやってくれるし、袖口のほつれも繕(つくろ)ってくれる。唄が出て芸者が来て幇間(ほうかん)が踊り出す。高価で格式のうるさい吉原より船宿で遊んだ方が安価で面白い。芸者と寝るのは禁制だけどそれを内証で口説く楽しさがある

かくして船宿の遊びは粋な江戸人の嗜好にも合って、柳橋は繁昌した。

▼柳橋牙をむきだし待っている

客待ちのタクシーよろしく猪牙が並んで客待ちをし、

▼柳橋どらや太鼓を積んで出し

どらは銅鑼(どら)にあらずどら息子で、太鼓はたいこもちのこと。これらを積んだ猪牙は一路山谷堀へ。

▼大晦日ふみ一本で猪牙を出し

一年どんづまりの大晦日、吉原の花魁がこれが無ければ年が越せないという無心の手紙を馴染の客に届けるため、最速の猪牙舟を仕立て若い衆を使いに出したという、遊女の最後の一念が迫ってくる柳句である。

〔中条先生(なかじょうせんせい)〕 中絶医の門とラブホの門

▼小千人殺して中条蔵(くら)を建て

古川柳で「中条」とか「女医者」といえば妊娠中絶を専業とした医者のこと。もちろんご法度(はっと)の中絶医療を専門にしていたくらいだからモグリ医者で、医道で名高い中条帯刀(なかじょうたてわき)の流れをくむと称し、江戸は日本橋橘町の裏手の薬研堀界隈に店を出して、蔵を建てるほどに稼ぎまくっていた。

今も昔も世間に知られたくないお腹の子の始末に頭を痛めた婦女子は少ない数ではなかった。そこで、中条の門をくぐるのはだれでも恥ずかしい思いをしなければならないから、

▼中条はそこいらじゅうに門をあけ

東西南北の三方向に出入口を造る医者が多く、これは現代のラブホテルも同じで、入口は狭く細く直角に曲がっていて、互いに顔を見られにくくするために身長より少し背の高い貝塚いぶきなどが左右に植えてある。

▼中条ははいり勝手を三所(みとこ)あけ

この造りは質屋とも共通しており、今の泌尿器科医や性病医院なども、入ってくる患者と帰る患者同士が顔を合わせないですむように工夫されている。このあたりに気を遣わなと商売繁昌とはいかないらしい。

また、中条と質屋のもう一つの共通点は、

▼中条の敷居稲妻ほど速し

その門を入るときの速さは質屋へ入るときと同様、人目に立たないように稲妻のような素早さだ。さらに人出が少なく、静かなところが望まれるから、

▼静かなところで中条はやるなり

▼中条へどやどや来るは只の客

女医は弁舌もさわやかで、

▼三人を二人助ける女医者
「小の虫を殺して大の虫を助けるというわけですよ」など白々しくうそぶく。
▼女医者小の虫とはへらず口
時には身分の高い未亡人も訪ねてくる。
▼院殿もてんねき見える女医者
院殿は地位のある人の未亡人で、〝てんねき〟は「ときたま、まれに」の意。
▼中条の少しこなたで駕籠を出る
寂しさの果てに不義のたねを宿し、悩み抜いた末にやってきたため、人目を気にして、中条の門から少し離れたところで駕籠を下りる後家さん。
▼ごもっともさまと中条後家に言い
何がごもっともなのかわからないが、そこは中条も商売でそらさない。

「いいえ、お歴々の奥さま方もお見えになりますよ」
▼中条でほんの覚悟の前を出し
〝覚悟の前〟と自分の〝前〟と二つ出す。
▼中条へ抜いたのも来る不思議なり
〝抜いたの〟とは除毛しているという意味で商売女のこと。プロなのになぜ妊娠なんかしたのか？　中条も首を傾げた次第。

▼中条へ入るは相模言葉なり
▼今ののも相模言葉だと中条
あれもこれも色好みの相模女だろうとは、中条の勝手な想像である。
▼いつゥかの中条へならわっちゃいや
▼今度のは余のとこにする女医者
いつも同じ中条の厄介では恥ずかしい、今度の始末は別の医者へ行く……。
▼中条を御宰（ごさい）は母で引き合わせ
御宰は、御殿女中に雇われて雑用などを勤める男の使用人のこと。奥女中が不義の子の処置に悩んでいるので、気を利かした御宰が中条を自分の母と偽って中絶させたという、下男人助けの一席。
▼中条の門に立ってるのが相手
男は中条に顔を見られたくないので、施術が終わるのを門の外で待っている。
▼中条の門で手代（てだい）の案じ顔
手代は、商家の丁稚（でっち）と番頭の中間に位置する遊び盛りの若い衆。
▼中条は仏頂面（ぶっちょうづら）で母と知り
娘に付き添ってきた年増が無愛想なふくれっつらをしているので、本人の母親だとわかる。
▼今までのことを中条水にする

▼中条は月を流して日を送り
溜まっていたものも月日も、すべて水に流すのがこの商売。まこと因果な業だが、
▼罪なこと中条蔵をまた一つ
どうしてもやめられない――。

〔秘具(ひぐ)〕 巻くか転がすかかぶせるか

秘具というのは、閨中において男性が用いて女性に喜悦の涙を流させる小物類の総称である。男は女が喜び興奮する姿態を見て自分も高ぶり、満足するという相互の効果を狙ったもの。

江戸期に流行したもので、長命丸などの媚薬を除けば一番人気は「肥後ずいき」であった。芋茎と書いてずいきと読ませる里芋の地下茎で、名の通り熊本県の名産である。少し以前、香港の街はずれにある煙草屋のガラス箱の中に陳列してあるのを見たが、日本では販売は禁じられているものの、個人で作るのは自由と聞いたことがある。
▼瓢(ふくべ)よりずいきの方が名が高し
同じ熊本の名産品だが、その道ではずいきの方がはるかに名を売った。
▼よがるはずこれは九州肥後の国
藩主が参覲交代するとき、江戸への土産にしばしば肥後ずいきを持参したため、かなりの早さで江戸にもその人気が浸透した、という記録が残っている。

▼ただのずいきも効こうかと馬鹿なこと

他国の青物などで試してみたが、やはり熊本産でなければだめだという。

▼越前は肥後に加勢を頼むなり

別項で述べたが〝越前〟とは包茎のこと。包茎にずいきを巻いて目に物を見せてくれようという魂胆で、福井の前田侯が肥後守に加勢を頼んだわけではない。

▼ふくべをば頼みずいきは言い兼ねる

肥後の土産にひょうたんは頼んだが、ついずいきの方は頼みにくくて……。

▼ずいきをも乙りきに巻く柄巻師

刀剣の柄に紐を巻くのが商売の柄巻師は、ずいきを巻くのもお手の物。これをぞんざいに下手くそに巻くと、

▼伜めは芋のからにて首くくり

芋がらが亀公の首に巻きついてタイヘンなことになりかねない。これが上手にきれいに巻けると、

▼またぐらで芋がら和える面白さ

一度味をしめた女房、

▼ずいきの白和を女房ねだるなり

亭主、これからが思いやられる。

▼張合いもなく提灯の肥後は抜け
提灯も別項で説明したとおりインポのこと。いくらていねいに巻いても提灯では抜けやすいのは当たり前のこと。

▼かの蛸に越前肥後を吸い取られ
蛸は吸引力抜群の名器ゆえ、越前が肥後を吸い取られるなど朝めし前である。

▼手繰り出す抜けたずいきの馬鹿らしさ
しまらないこと、阿呆らしいこと、もはや言葉もない。

「りんの玉」も房具の一つで、鳩の卵ほどの大きさで真鍮色をした金属製品。二個一対で中は空っぽ、少量の水銀と針金が入っていて、振るとビヨヨーンという震えた音を出すという。

▼りんの玉芋を洗うがごとくなり
これが使用中の実感で、

▼その玉をまんじ巴に追い回し
中に入ってる玉をおのれの棒で追い回して遊ぶらしい。遊び終わって玉を取り出すには「尻を叩けば転げ出る」と、売りに来た小間物屋の説明、

▼尻を叩くとちりりりんと転げ出る
というのだから奇妙奇天烈な玉である。

▼りんの玉女房急には承知せず

どうも女房はあまり面白くなさそうで、
▼楽しみはその中にありりんの玉
使用中に発する不思議な震音を楽しむというのだが、どうやらこの正体、
▼りんの玉どっちのためか知れぬなり
双方とも事後は醒(さ)めていたらしい……。

次なる秘具は水牛の角(つの)製の甲形(かぶと)と鎧形(よろい)。甲形は兜(かぶと)状で亀の頭にかぶせて用い、胴にだけつけるのが鎧形である。いずれも、
▼男には武具を商(あきな)う小間物屋
女には張形などの玩具系だが、男には勇ましく〝武具〟だという。
▼夜戦(よいくさ)に小兵(こひょう)は鎧(よろい)かぶとなり
短小コンプレックスに悩んでいた男性が顧客だったらしいが、
▼お腰元お兜(かぶと)でならいやと言う
どうやら女性にはさほど人気がなかったようで、鎧の方がもてたらしい。
▼兜より鎧がいいと妾言い
それでも兜形で挑んだ男、
▼また蛸に引ったくられる甲形
名器に吸い取られて脱帽の態だ。

▼水牛の兜を脱いで降参し

〔三会目(さんかいめ)〕 いよいよ馴染みになって

遊里に登楼する場合、最初が「初会」、二度目が「裏」、三度目を「馴染み」と称し「三会目」といった。三会目にならないとまともに口も利いてもらえず、まして床を共にするなど論外であった。

▼三会目箸一膳の主になり

ようやく三会目にして、その客専用の箸が決まるのだが、ここまででもかなりの銭を遣っている。

▼箸紙はこれも小判の端(はし)で出来

端は箸の地口で、これも自分が出した費用の一部でできているというわけだ。

▼来るときに小道に寄らぬ三会目

花魁がどこかへ引っ掛かってなかなか顔を見せない、などということもなく、三会目ともなるとすぐ顔を見せて待遇も良い。

▼三会目飲みも飲んだり食いも食い

初会やウラのときはろくすっぽ口も聞かず飲みも食いもしなかったのが、三会目には台の物をパクパク、酒をグイグイ。

▼籠の鳥三会目より餌づくなり
まさしく見事な変身ぶりではある。
▼どこが痒くても困らぬ三会目
▼三会目痒くばかいてあげんしょう
文字通り痒いところに手の届くサービスぶりである。
▼寝なんすとつねりィすと三会目
初会、ウラのときはこっちへ尻を向けっ放しだったくせに、三会目はありがたいお仕置ときた。
▼三会目意見しそうな顔で出る
なにやら語り口も女房染みてる調子。だから女房持ちが露見したりすると大変で、
▼女房のあるのが知れて食いつかれ
そしていよいよ三会目の夜、
▼三会目心の知れたる帯を解き
やり手婆にも祝儀をはずんであるから、
▼婆ァまで紐をゆるめる三会目
ただし婆さんがゆるめるのは顔の紐。
▼主の夢ばかり見ィしたと三会目
▼三会目よっぽど惚れた真似をする

自惚(うぬぼれ)の強い男は高慢の鼻をピクつかせるが、ここまでくるにはやれ床花だの周囲への祝儀だので、結構な出銭もあってのこと。

▼三会目持ててもうれしくない夜(よ)なり

であり、

▼持てたけど持てたにならぬ三会目

でもある。

やがて年の暮れになって遊女からの手紙。

▼暮れの文いま死にますと書いてくる

お定まりの無心である。

〔台(だい)の物(もの)〕店屋物が高すぎる

ふつう花街(かがい)は芸者屋、待合茶屋、料理屋の三業種から成っていて、それぞれが分業になっていた。その慣習の名残りが三業地の名で今に続いている。

吉原の遊廓では酒は酒屋から樽で買い、酒の肴は自分の店の勝手を使わず台肴屋から取り寄せた。この猫足の台の上に載せられて廓へ運ばれる料理を「台の物」といった。

▼手を捩(ね)じ上げて蒲鉾を遣手(やりて)取り

▼頬張った蒲鉾吐き出しゃァいい

▼叱られて禿はんぺんぶちまける

▼こはだの鮓をもぎ取って遣手ぶち

これらの句は、客が食べ残した台肴を禿がつまみ食いをして、遣手婆に撲られたり腕をねじられて叱られている図である。

これで台の物の料理が蒲鉾、はんぺん、酢の物や魚貝の刺身などであったことがわかる。とりわけ、年端もいかない禿が狙うのは蒲鉾やはんぺんであったことがわかるが、他に梨や柿、葡萄など季節の果物も含まれていたし、下戸の客の注文には甘台という甘味類などもあった。上戸の台の物は辛台といった。

▼さがりすが台の葡萄をちょっと引き

〝さがりす〟とは、台の物を食べ終えて下げるとき、禿が若い衆を呼ぶ「下がりんす」という廓言葉に栗巣を掛けたもので、このときしばしばつまみ食いが行われる。

▼うまい物をみんな食い下がりんす

しかし、この台の物が安くないのである。居続け（連泊）した客が台の物屋に温かい鍋物を注文すると、鍋台が運ばれてくる。

▼猫足に鍋をすえると一分なり

台の物の値段は一分が相場であり、

▼松に食べ物をあしらい一分なり

▼江の島をせり出しにして一分とり

この一分は四分で一両、つまり一両の四分の一で相当な高額である。吉原には一分の半分の二朱で買える女郎がいくらもいた。二朱女郎以上の女は寝具に蒔絵(まきえ)の箱枕を使っていたくらいだから、下等な女郎ではない。二朱女郎なら祝儀込みでも一分ですむから、台の物の一分というのは相当に高いのである。

長襦袢姿の色っぽい花魁が、懐中からみす紙の束を出して鍋の尻をあおいでくれる。かんざしで鍋の中を煮立てながら朝酒をやったりとったり。しゃもじには帆立貝を使う。

▼野暮でない勝手道具は帆立貝

▼かんざしでしっぽこ鍋を腑分けする

吉原が少しずつ衰退していった原因に「台の物が高すぎたから」という学者も少なくないのである。

第六章　病篇

〔腎虚〕　毒になろうとなるまいと

男の精力は腎臓で作られ、その浪費が過ぎると腎が空っぽになって陰萎（インポテンツ）となる。これが腎虚だというのが昔の人の解釈で、もう一つ陰茎硬直症という二つの解釈が古川柳の世界でまかりとおっていた。

▼萎えぬのも道理看病の美しさ

▼気の毒さ息子ばかりに脈があり

▼湯灌場の笑い腎虚で死んだ奴

これらは硬直症の方で、

▼助平と言うひと腎虚病み始め

▼女房の機嫌とりとり弱るなり

はインポ組である。

病気になったとき、その病気に良くないもの、毒になるものを断つことを毒断ちといった。それは現代にも通用していることで、糖尿病の心配があるから酒や甘味を避けようとか、血圧が高いから塩分を控えようとか、風邪(かぜ)気味だから刺激物をやめよう、などは一種の毒断ちといえよう。ところが古川柳の世界では、毒断ちといえば即女房である。江戸時代は粗末な食生活からくる栄養不足で、房事の過ぎる男は全身的な病気になりやすかった。

▼毒断ちの一つは訊きも言いもせず

心臓に悪いからアレはよせ、血のぼせするからコレをよせと医者はいうが、肝心の房事については遠慮していわない。亭主の方もいたしすぎで女房が毒の素(もと)だと充分わかっちゃいるけれど、恥ずかしいからいわない。むろん付き添いの女房もそれには触れず「亭主の病気は食べ物の好き嫌いのせいですよ」などととぼけてる。

▼女房は他の毒断ちばかりさせ

もっとも房事過度のために亭主がすっかり弱ってしまった、などと医者に見抜かれて〝女房断ち〟でも命じられたら一大事だ。

▼夫の毒断ち女房の口を干し

もう一つの大事な口が干上がってしまうからだ。

▼損なこと女房ばかりで腎虚なり

一に女房二に女房と、女房以外の女に目もくれなかった愛妻家が腎虚になって、世間の笑いものになった。

▼女房にこびりついてる馬鹿亭主

当時、愛妻家や恐妻家は周囲の男たちから徹底的に軽蔑されたのである。いや、亭主だけではない、それなりに女房の方も、

▼女房と亭主も恥な病気なり

▼腎虚とは女房の言わぬ病気なり

房事過度が原因などと噂されたのでは恥ずかしくってしようがない。

▼ごく懇意腎虚の異見言いにくる

▼養生(ようじょう)の一つはこれと手で教え

中指と人差指の間から親指を覗かせて「これを少し抑えればいいんだよ」と、まさに勝手な〝異見〟ではある。

▼入り聟の腎虚はあまり律儀すぎ

▼入り聟は黙って抜いて叱られる

強すぎる嫁の一方的リードがよくなかったのだと同情が聟さんに集まっても、

▼我(が)を張って女房は腎虚じゃないと言い

確かに〝黙って抜いて〟叱られたのかもしれない。

▼第一はそばが毒だと医者小声

「ほゥ、私の病気にはそばが悪いんですか」

「わからん人じゃね、おかみさんの傍(そば)がいかんのだよ、すぐその気になるからして」

▼美しい毒が薬を煎(せん)じてる
いくら亭主のためにと薬を煎じてくれても、薬より当の女房が毒なのだから薬の効くはずもない。
▼寿命には毒になろうとなるまいと
女房断ちして三か月たち、ついに亭主は忍耐の限界点に達し、
▼毒だによ毒だによとて女房させ
女房の方だって百日ぶりのことと て、
▼酒でのみ死んだと女房思ってる
ほんとうのところは女房に殺された腎虚死なのに、
▼臨終を汚なくさせる美しさ
美しい女房であるほど亭主の臨終の方はいさぎよくない。
▼女房の股が黄泉(よみじ)の障(さわ)りなり
あげくの果ては女房の一か所を指差して、
▼腎虚の悔やみ羨ましそうに言い
最期の見舞いに来た友人の野郎どもの悔やみときたら、

「なんてったって、奴はナニをしまくってくたばったんだから羨ましいくらいのもんだ」

その後〝丙午の女〟という評判が立ったかもしれない。

〔医者(いしゃ)と患者(かんじゃ)〕　医は仁術か算術か?

▼あてもなくわずらう娘十八九

昔は恋わずらいといえば思春期の娘と相場が決まっていたが、当今のそれは女性にはほとんどなく、息子の恋わずらいの方が多いと聞く。

十八、九の娘がぶらぶらやまいになって、医者も薬も効かないとあればこれはもう、恋わずらいに決まっている。そこで、さばけた伯父さんが適当な男を探してきて、見合いをさせたら一発で治ってしまった。

▼ぶらぶらやまいぶらついた物で治し

ぶらついた物といえばこれは男性自身以外にない。

▼恋病みと言われず医者へ舌を出し

医者が舌を見せろというから出して見せたが、（本当は恋わずらいだから先生みたいなヤブにはわからないわよ）という方のベロを出した。

いいところの箱入り息子で、商売女と接したこともない童貞とくれば、これの特効薬は女性の裸身しかない。

▼薬でもいかぬやまいは裸虫

恋わずらいで「もう死にます」と泣き暮らしていた娘にも、ちょいと二の線（二枚目）の青年をあてがってやれば、「もう死にます」がうれしい方の「あれ死にます」に変わるから罪はない。
▼どうしたか娘いやみな医者と言い
変態気味な医者もたまにはいて、
▼医者どのは毛際をかぎり撫で下ろし
これはたしかにいやみな変態医師だ。

亭主が診てもらっているそばに女房がいると、医者も正直なことを言わない。そして女房が少し席をはずすと早速、
▼医者どのは女房が立つと意見言い
「少しお慎しみなさい、何といっても房事が最も悪いのじゃ」
▼房事とは何でござるに医者困り
この患者に房事の意味が分からない。席へ戻ってきた〝強そうな〟女房には、なおのこと話せない。しかし、この女房、自分の強いことは重々承知しているらしく、少し元気を取り戻した亭主が女房の方へにじり寄ると、
▼医者さんはわたしが毒と言われやす
それでも手を伸ばしてくる亭主を邪慳に扱うと、
▼女房に手を叩かれる病み上がり
こうなると亭主も自棄(やけ)半分の態で、

▼病み上がり女房は股を引っ掻かれ

産後の肥立ちで三か月は房事を慎しむものといわれているが、

▼医者の言うことを守れば夜が長し

ましてすぐ脇には懐かしい女房の肉があるのだから、とても医者の言うことなど守れるものではない。

▼女房があるで魔のさす肥立ちぎわ

それでも女房は医者の言うことに従順で、つい閨中の口喧嘩となる。

▼恥ずかしい喧嘩を肥立ちぎわにする

夜中の喧嘩の原因はほとんどこれである。

▼叱られて枕に戻る肥立ちぎわ

▼夜ふけての喧嘩は女房の理屈なり

大抵は亭主の負けだが、それからわずか十日ほど後、医者にかけ合ったらようやく許可が出た

――と、これは嘘なのだが、

▼医者がもういいと言ったとかかる也

女房を抱きすくめれば、女房の方とて久しぶりのことで満更でもない。

▼夜着一つ二人でかぶる仲直り

医者との約束を破ったため肥立ちの悪さがぶり返して、このことが医者に知られ、

▼うち返す病気女房消えたがり

医者に意見されて赤面を上げることができない。

ここで、いささか質のよくない医師とそのグループの一句。

裕福な上に超美人の女房を持ったため、周囲の仲間から身分不相応な奴だと嫉かれ、苛められつづけた男が、とうとうどっと重い病いの床につき、今日か明日かと時間を数えられる身となった。

このぺっぴんには金にあかせて何人もの医者がついていたのだが、ここでできたのが次なる一句、

▼いい後家が出来ると話す医者仲間

なんとも太い医者どもがいたことか。

〔瘡と労咳〕 灸と黒猫が特効薬とは？

青春期に罹りやすい二つのやまいを取り上げてみる。

瘡というのは今でいう梅毒のことで「自惚と瘡気の無いやつはいない」と言われたほど、良薬のない時代には大流行した。

▼一遍は瘡も掻きゃれとたわけもの

一度は瘡っ掻きの経験をしないと一人前の男にはなれない、などと白痴者がたわけたことを

言ったもの。

▼馬鹿な高慢おれの瘡は吉原

「おまえらはどうせ千住かそこらの岡場所か夜鷹から貰って来たんだろうが、おれのは本場の吉原だぜ」

どこで背負って来ようが瘡に変わりのないものを。

▼寝道具の無いのを買うと横根なり

寝道具とは布団のこと。それの代わりに蓆（むしろ）を敷いて星空の下で商（あきな）うのが夜鷹で、夜鷹はそのころ最も危ない病原菌の所有者。横根は脚の付け根のリンパ腺が腫れる第一期梅毒の症状である。

▼お覚えがござりやしょうと外科は言い

上目づかいでいや味たっぷりな医者。多数の梅毒持ちが平治を希（ねが）って祈願したのが、谷中天王寺中門前の笠森稲荷で〝笠森〟が〝瘡守〟、つまり瘡を守ると担いだわけである。稲荷には、初めは土の団子を供え、平癒の暁には米の団子を供えた。

▼目と口のある人米の団子買い

梅毒が治ったので鼻が落ち、目と口が残った。

▼すっぽりと治りましたと鼻が落ち

落ちた同士が稲荷で密会したものの、

▼笠森で出逢った先もあちら向き

これは互いに顔を合わせにくいのも道理である。

梅毒でも鼻が落ちただけですめば果報者で、運が悪いと狂い死にする例も珍しくない。
▼鉄砲で折肋骨をうちぬかれ
鉄砲とは、梅毒を持った鉄砲河岸の安女郎のことだ。

梅毒の治療法としては、刺のある蔓草『山帰来』を煎じて服むのが一番とされていた。
▼山帰来初手は立派な声で買い
「サンキライください」と言えたのが、鼻が落ちて発声がおかしくなると「ヒャンヒライクラハイ」となる始末。

労咳は肺結核のことだが、これが微熱や咳に騙されて「性の欲求不満」が原因とされていた。
▼生えかかるとき労咳は出るやまい
つまり発毛期の十五、六歳が罹りやすかったらしいが、実際は十八、九歳という。
▼十八九ゴホリゴホリと咳を咳き
ところが親たちはこれを胸部疾患とは夢にも思わず、「男が欲しい」という年ごろのせいと信じていたから、まこと迷惑千万な話だ。

労咳の最良の治療法は『四火の灸』＝背に灸の穴を四か所定め、その四隅に四角い紙を貼ってそこに灸をすえる法＝である。
▼箱の中にて灸ばかりすえている

箱入り娘にいくら灸をすえても結核が灸で治るわけがない。

▼むごいこと男ひでりを親がさせ

娘の労咳の深刻化はすべて親のせいで「灸をすえるか、黒猫を飼うと治る」と言い、男という妙薬があるのに灸と黒猫ばかりである。

▼青白い娘のそばに黒い猫

▼黒猫にさかりがついて母困り

労咳は少しもよくならず、娘は痩せ細る一方で、

▼四火すえる娘箸ほど痩せ細り

娘の方も苛立ちがつのる一方で、

▼さかる猫へ土器(かわらけ)をぶっつける

一体、黒猫を飼うと労咳が治るとは、どこから生まれた迷信なのか？　しかし「この病気には男が一番」と苦労人の伯父さんはよく知っていて、

▼さばけた伯父貴労咳を片づける

娘を嫁にやったらとたんに労咳は全快。親類の労咳息子を吉原へ遊びにやれば、

▼傾城四五服でたちまち治すなり

結核が女遊びで治れば申し文ないが、四五回を四五服と薬に見立てた洒落(しゃれ)が面白い。

▼恋病みは金持ちの子のやまいなり

貧乏人の子どもはめったに労咳などにならず、
▼労咳は忍び返しの内で病み
金持ちの屋敷の塀には、上部に盗賊侵入除け（よ）の〝忍び返し〟という怖い装置が施してあった。そのような豪邸内のみが労咳の温床になるという、川柳子のきつい皮肉である。

〔とびしらみ〕 何にも耐え難いこの痒さ！

女性の象徴を意味する日本の一番の古語は「ほと」で今昔物語などに見られる。その次の和名抄に見られるのが「つび」で、これが朱門・玉門を意味し平安時代に流通している。「つび」は「ほと」の訛りで、つびしらみは江戸期の川柳ではしばしばとびしらみの名で登場している。

つまり、とびしらみとは性毛専門にたかりつく毛じらみのことである。終戦後の十年ぐらいは日本でも大流行し、ごった返す銭湯の板の間にはしらみが行列を作っていた。満員電車に乗ってこの毛じらみをうつされる人も珍しくなかった。

性毛の接触によって伝染するが、その痒さというものは並みの痒さではなく、まさに七転八倒。当今のような強力な治療薬のある時代ではないから、陰毛を剃り取って加熱した酢で拭きこするしか方法がなかった。

これが用いられたことが古川柳で証明されている。
▼とびしらみずくをひとたび出家させ

▼一子出家(しゅっけ)すればとびしらみが抜け

〝ずく〟はずく入道のことで男根の別称であり一子と同じ意味。やむなく伜の毛を剃ってしまうから一子出家である。仏典にある有名な言葉に『一子出家すれば、九族天に生ず』。九族とは高祖、曽祖、祖父母、父母、自己、子、孫、曽孫、玄孫のことで、一人が出家したために九族がとびしらみの苦しみから脱出することができた、とうわけである。

▼色男どこで背負(しょ)ったかとびしらみ

二枚目はよくもてて、どこで背負ってきたのか自分でもわからないから、

▼友達へ相談に行くとびしらみ

こうなると女房の詮議が烈しくなる。

▼とびしらみおいらじゃないと女房言い

伝染のもとが外部にあると亭主に認めさせてから、女房の攻勢は強くなる一方で、

▼とびしらみ草を分けての詮議なり

草には毛の意味があり、草の根を一本一本分けても原因がわからない。

▼松茸の元草を分けしらみ狩り

ついに亭主のとびしらみが女房に伝染し、

▼毛じらみを女房にうつし叱られる

叱られるどころの沙汰じゃない。追求の火の手はさらに烈しくなり、「岡場所（吉原以外の四

宿の娼婦街など）からもらってきたのか」と女房が吼えれば、「間男からもらったお土産だろう」と亭主が返す。

▼お妾へ吟味のかかるとびしらみ

亭主がつき合っている女に嫌疑がかかり、ついに両者とも痒さ加減に堪えられなくなって、亭主が自分の毛を剃りあげてから、女房の前もきれいに剃り取って、

▼毛じらみで尼と入道二人出来

亭主の道楽で伜が出家するのは仕方のないところだが、女房まで道連れにされたのではたまらない。

▼二人ともお毛が（怪我）無くっておめでたい

などと喜んではいられない。亭主はかなり高価な着物を買わされたことだろう。

『本草綱目』という著名な薬草事典は、

「いま人の陰毛中に多く陰蝨（いんしつ）を生ず。痒きこと当たるべからず（略）銀杏を以てこれを擦し、或いは銀朱（水銀を焼いてにかわで練った墨）にて之を燻（いぶ）せば癒ゆるなり」

と、とびしらみの駆除法を述べているが、何にしてもかかる厄介なものが無くなったのは結構なことである。

だがしかし、過日東南アジアの女性旅行客と、ひょんなことから仲良くなった友人が、都心のホテルへ同宿して一発で毛じらみをもらってきた、という実話がある。

それが女性の体に付いていたものか、それともホテルのベッドにいたものか、それは分からないというのだが……。

〔長命丸(ちょうめいがん)・朔日丸(ついたちがん)〕 効能は種々あるけれど

両国の四つ目屋で最も売れ行きの良かった女悦効果満点の媚薬が長命丸であった。
しかし、この種の薬品は毎日服用すると、長命どころか短命の基だという。

▼短命丸と言いそうな薬なり

何事も中毒になると怖い。

▼あべこべさ長命丸で死ぬという

長命の薬を服(の)んで「死ぬ死ぬ」というのは奇妙なはなしだ。

▼長命丸をお用いか武内(たけのうち)

神功皇后について朝鮮征伐に参加した武内宿禰(すくね)は、三百年生きたという。よほど長命丸を服んだに違いないと川柳子のあて推量。
毎月朔日(ついたち)に服用すれば生理は止まらず、つまり妊娠しないという堕胎薬が朔日丸(ついたちがん)である。

▼密事(みそかごと)あるで朔日売れること

密事は男女の秘めごとで〝三十日と一日〟がうまく繋がった秀句である。

▼持薬(じやく)さと朔日丸を後家は服み

朔日丸を持薬にするとは、まさに好色家の後家さんらしい。
▼朔日で払うは月のとどこおり
一か月の（欲求不満の）滞納は、一日にきちんと調整しますという金銭支払い型。
▼朔日をやめて十五夜腹に満ち
朔日丸をやめたら、たちまち腹が十五夜の満月となる。
▼松茸の食傷をして嫁は吐き
朔日丸で松茸？　の毒を消すことはできたが、ときには松茸の食いすぎでつわり、になることもあるから油断できない。

第七章　川柳ひとつかみ

〔蛤〕(はまぐり)

▼蛤は初手赤貝は夜中なり

これが『俳風末摘花(はいふうすえつむはな)』の冒頭に出てくる有名な艶笑句である。婚礼の席に必ず出る吸い物の蛤の身は食べず汁のみを吸う。そして夜中には花嫁持参の赤貝を賞味する。

▼にえきらぬ蛤無理に口をあけ

煮え切らない蛤の口を無理にあけて食べると食中毒になる。煮えきらぬは貝の掛け言葉。

〔脱出〕(だっしゅつ)

商店の番頭や手代は、いつ遊び場へ出かけていたか？　夜、店を閉めてのち一同の者が寝静まったのを確かめてから店を脱け出していた。

▼旦那は白河番頭は夜船なり
▼脱け仕度してゴウゴウの鼾(いびき)待ち
▼鼻へ手を当てて番頭脱けるなり

寝息を確認してから脱出する周到さ。

〔源頼朝（みなもとのよりとも）〕

古典落語の枕に「拝領の頭巾梶原縫いちぢめ」という川柳があるように、古来より頼朝の大頭は有名である。母親常盤御前と妻政子の次の二句がそれを見事に証明している。

▼初産（ういざん）に常盤は裂けたかと思い

赤子の頭が大きすぎて空前の難産。

▼ひざ枕政子の股にしびれ切れ

妻の政子がひざ枕させたら股が大しびれ。

〔心中未遂（しんじゅうみすい）〕

ある時期、幕府は心中という言葉を禁じて相（あい）対死（たいじに）として犯罪扱いした。未遂者の二人は捕えられて日本橋南詰で三日間の晒し者となり、後には非人にされた。

▼日本橋死に損いが二人なり

▼日本橋馬鹿を尽くした差し向かい

よく見ると女の方は以前買ったことのある遊女なので、

▼日本橋びっくり一度買った顔

〔文（ふみ）〕

手紙のことを文といったが、柳句の世界ではなべて恋文を指した。

▼恋の文臍（へそ）と湯文字の間（あい）に置き

人目を忍ぶ大事な物は大事な処へしまう。

▼父親が拾えば文も静かなり

父親なら黙って捨て、母親なら大騒ぎ。

▼金釘（かなくぎ）とみみずで下女は取り交わし

下女はみみずの這った字、権助は金釘流。

〔癪(しゃく)〕

特に女性に多いとされる胃けいれんに似た病気で、遊女らはこれを口実にして気に入らない客を袖にしまくった。

▼重宝な癪を傾城持っている
だから浅黄裏の田舎侍はひたすら振られ役。

▼一分(ぶ)出し夜(よ)の明けるまで癪を押し
仮病(けびょう)の女は背を押させながら上目使いで、

▼寝たふりでじろじろ客の相を見る

〔手代(てだい)〕

商家にあって最も行動力旺盛で手の早いのが手代。番頭と小僧の中間の身分で古川柳の中でも人気者である。

▼嫁入りの一の道具を手代割り

▼もう割れているのにお袋危ながり
知らぬはただお袋さんだけである。

▼その手代その下女昼は物言わず
昼のあいだはお互いに知らん顔が一番。

〔陰膳(かげぜん)〕

亭主が旅に出ると女房は亭主のために膳をすえる。これで亭主は旅先で食に困ることはないという信心があった。ところが旅が少し長くなると女房の心遣いも怪しくなる。

▼陰膳を食い手の出来た旅の留守
我慢できずに女房がとんだつまみ食い。

▼陰膳をすえる女房がひもじがり
女房は米の飯よりあっちの方に飢えていた。

〔尼（あま）〕

高野山の若い僧が、己れの煩悩の強さに負け、懊悩の末に自分の摩羅を切り落として大悟の境に達したという。

▼名僧は切るが比丘尼（びくに）は埋められず尼は自分の玉門を埋めることは出来ない。
▼根のからむ松茸尼は鎌で切り松茸で生じたトラブルの根を、尼は東慶寺の鎌（倉）で断ち切るという。

〔水揚げ（みずあげ）〕

花柳界で半玉が一本立ちする際の封切りを水揚げという。この封切りの権利を持つのは、大金持ちの初老の爺さまと相場が決まっている。

▼水揚げをすると蕾（つぼみ）が花になりこの日から蕾が花に、娘が女になる。
▼山吹の花で蕾の水を揚げこれが出来るのもすべて山吹色の小判だけ。

〔鶺鴒（せきれい）〕

アダムとイヴは性生活をエデンの園で蛇に教わったが、イザナギとイザナミは天の浮橋で鶺鴒に教えられた

▼知り切っているのに鶺鴒馬鹿なやつ一度教えてやればそれですむものを――。
▼鶺鴒も一度教えて呆れ果てよほど暇と見えて神様は毎日毎日ご熱心。
▼親からは言われぬことを教え鳥

〔昼三(ちゅうさん)〕

吉原の花魁で最も高価な昼三分、夜三分(ぶ)の花魁を昼三といい、昼夜を通しで買うと一両二分となり、諸雑費を加えてぜいたくのトップを行く遊びであった。

▼値の高いやつには屋根を書いてあり

細見(さいけん)の名前の上に入り山形二つ星つき。

▼昼三をはじめて買ってくたびれる

くたびれたのは無論財布の方である。

〔切見世(きりみせ)〕

これは吉原とか四宿のように名の通った遊廓ではなく、時間を切って客に接した至って下等な枕価百文という遊び場を指す。

▼切見世は臍(へそ)まで出して髪を結い

男を惹きつけるため、髪を結うにしても前をはだけて臍やその下を見せる寸前の演技。

▼切見世はあっぱすっぱと床へ入り

床といってもせんべい敷布団一枚である。

〔またぐ〕

女が砥石(といし)をまたぐと砥石(といし)が割れるという迷信があった。

▼かみそり砥(と)割れたを和尚秘し隠し

寺内に女性を囲っていた和尚、ある日砥石が割れて女の存在を必死に隠したという。

▼両の手に砥石を持って下女叱り

亭主、割れた砥石を両手に持って「なぜお前は砥石をまたぐのだ」ときついお小言。

〔炬燵（こたつ）〕

江戸時代は亥緒（いしょ）の祝いといって、十月最初の亥の日にぼた餅を食べながら炬燵を出すという風習があった。懐しいやぐら炬燵である。

▼四角でも炬燵は野暮な物でなし
布団の中に男女の足が二本ずつ。手は、
▼片方は炬燵の上の猫を撫で
もう片方の手は娘の手を握ってる。そこで、
▼母の手を握って炬燵仕舞われる
だが、隣りに女房が寝ているとなると亭主はとても我慢ができない。

〔病み上がり（やみあがり）〕

長い療養生活を続けてようやく床上げした人を病み上がりという。そして、病後三か月は房事を遠ざけるというのが、古くからのしきたり

▼病み上がりある夜女房に叱られる
▼叱られて枕に戻る病み上がり
夜中の夫婦喧嘩はすべてこれが原因である。

〔七十五日〕

出産後の七十五日間は神社参拝を控え、夫婦も床を同じくしないという風習が江戸時代にはあった。産婦の血の道が荒れるのを防ぐためという考えからであった。

▼女房に七十五日貸しができ
▼ちり紙の用意七十六日目
▼いやとは言わせぬ七十六日目
亭主も女房も手ぐすね引いて待っている。

〔ちぢれ髪〕

ちぢれ髪の女性は古来より男を悦こばせる上物の所有者といわれているが、何を根拠にいうのかは判らない。

▼ちぢれ髪下卑たところを褒められる

▼土器とちぢれ毛男の好くところ

無毛症と同じくらい男たちは歓迎する。

▼宝の持ちぐされ後家のちぢれ髪

後家さんが持ってたのではもったいない。

〔屁〕

あるときはその場の緊張を一瞬にして解きほぐす剽軽者になり、場合によっては淑女の自死をも招き兼ねない大変な無礼者になるのが、放屁である。次にさほど罪の無い四句。

▼屁をひっておかしくもなし一人者

▼炬燵の屁猫も呆れて顔を出し

▼一大事花嫁どうも屁が出そう

▼南無プッと異香薫ずる坊主の屁

〔色好み五本立〕

▼夜這いの足どり軽業の綱渡り

▼さてその次の軽業は女房うえ

▼化けて来た医者は上野か浅草か

▼巻添えに遭って女房山帰来

▼生薬屋やっと聞き取るひゃんひらい

夜這いの足どり、女上位は軽業か、生臭坊主の行く先は、鼻を落とした男客など、軽い艶笑味がそれぞれの五七五に潜んでいる。

〔山吹（やまぶき）〕

▼日に三箱散る山吹は江戸の華

江戸の町で一日に三箱、つまり山吹色の小判が詰まった千両箱が一日に三箱散ったという。

芝居町に千両、魚河岸に千両、そして吉原に千両である。

▼日に三箱見たり食ったりしたりなり

▼二箱は日に鼻の下臍の下

もはや説明の要なし、詠んださまだろう。

参考資料

柳多留　新篇柳多留　新々柳多留　まなび樽　しげり柳

入舟狂句集　柳筥　川傍柳　武玉川　末摘花　他

記・本書に使用されている川柳・用語に関し一部不適切な語句がありますが、その時代背景と川柳の文芸性を考慮し、そのままとしましたのでご了承ください。

記・旧仮名遣いは現代仮名遣いに改めてあります。

澤田一矢（さわだ・いっし）

1935年東京生まれ。国学院大学文学部卒。

昭和47年、川柳「粋酔会（すいようかい）」主宰。以来43年間に400回の運座を開催し、現在継続中。

著書に「生かしておきたい江戸ことば450語」（三省堂・幻冬舎）「まくらは落語をすくえるか」（筑摩書房）「落語にんげん学入門」（海竜社）「大相撲の事典」（東京堂出版）など。

破礼川柳艶合戦（しのびわらいごしちごあでくらべ）　艶笑古川柳の集大成

二〇一六年一一月十九日　第一刷発行

著者　澤田一矢

発行者　坪井公昭

発行所　開山堂出版

〒164－0001　東京都中野区中野
四－一五－九－一〇〇八
電話（〇三）三三八九－五四六九
FAX（〇三）三三八九－五六二四
振替　〇〇一六〇－二－七八四〇九

印刷　東港出版印刷株式会社

落丁・乱丁本はおとりかえします

ISBN 978-4-906331-67-3-C0092